A MINHA PRIMEIRA NAMORADA, PAI,
FOI UMA ESTRELA.

CONTA PARA TODOS.

O GUARDADOR
DE ABISMOS

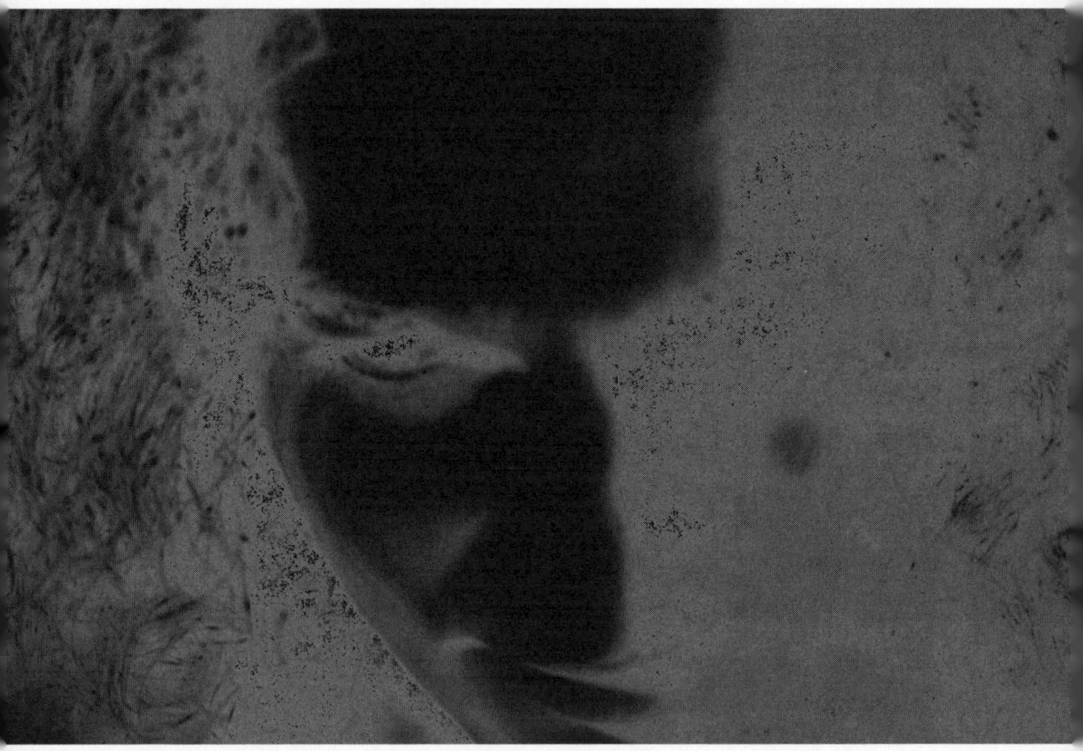

ANTONIO VENTURA

O GUARDADOR DE ABISMOS

TOPBOOKS

O autor por Divo Marino

Copyright © 2014 Antonio Ventura

Editor
José Mario Pereira

Editora assistente
Christine Ajuz

Capa, projeto gráfico e diagramação
Miriam Lerner

Revisão inicial
Ely Vieitez Lisboa

Revisão final e organização
Antonio Carlos Secchin

Produção
Mariângela Félix

CIP-BRASIL. CATALOGAÇÃO NA PUBLICAÇÃO
SINDICATO NACIONAL DOS EDITORES DE LIVROS, RJ

V578g

Ventura, Antonio, 1948-
    O guardador de abismos / Antonio Ventura. - 1. ed. - Rio de Janeiro : Topbooks, 2014.
    224 p. ; 23 cm.

ISBN 978-85-7475-231-0

1. Poesia brasileira. I. Título.

14-09973   CDD: 869.91
                                   CDU: 821.134.3(81)-1

Todos os direitos reservados por
Topbooks Editora e Distribuidora de Livros Ltda.
Rua Visconde de Inhaúma, 58 / gr. 203 - Centro
Rio de Janeiro - CEP: 20091-007
Telefax: (21) 2233-8718 e 2283-1039
E-mail: topbooks@topbooks.com.br
Visite o site da editora para mais informações
www.topbooks.com.br

SUMÁRIO

Nota do autor 13
Prefácio: O guardador Antonio Ventura (por Carlos Nejar) 15

O GUARDADOR DE ABISMOS

Ainda hoje passarei por cima dos peixes 21
As lamentações 24
Minha namorada louca ou o morador do pântano 26
Pelos campos de trigo 28
A cidade assassinada 30
O lobisomem 33
Outrora 35
Outrora 2 37
Delicadeza 39
Fevereiro 41
Fragmentos de abril 43
A noite e o vento 46
Parto 48
Tentativa inútil de descrever chuva caindo na
    madrugada quase dia 50
O destino da manhã 53
Vamos lá 55
Pequena crônica da infâmia 57
Na dança da fera 58
Natal, o triste destino das gaivotas 60
Homenagem a Clarice Lispector 63
Segunda homenagem a Clarice Lispector 65
Clarice Lispector desceu ao inferno 68
O tigre 69
Nada como o tempo para passar 72

Mamadeiras de vidro 74
O que dizer na noite? 76
Lá fora da casa a noite se agita 77
Um pequeno cão late na noite 78
Cães miseráveis insistem 79
Logo será dia 80
Jaca e mel 81
A noite rola 82
Luar do sertão 83
Abril já foi entrando 84
O que acontece com nosso destino? 85
Para não dizer que não falei de flores 86
O retrato de Dorian Gray 87
Senhor dos pássaros 88
Titica na Via Láctea 89
O labirinto e o minotauro 90
Ó mar dos navegantes 91
O catador de palavras na madrugada 92
Minha vida foi sempre um barco 93
O menininho dorme 94
O incomensurável azul 95
O soldado e a rosa do tempo 99
Naquele tempo, neste tempo 104
O guardador de abismos 111

DUAS MUSAS

LYGIA

Depoimento poético 127
Importante escrever para Lygia 129
Lygia, abril entra em sua segunda casa 130

Olha para o sol, Lygia 131
Onde está a menina azul? 132
Eras a doce senhora das palavras 133
Lygia, não me esqueci de seu aniversário 134
A manhã começa.. 135
A estrutura da bolha de sabão 136

MINHA BELA

Pois é, minha bela 143
Ainda o tempo da inocência 145
Carta para Débora 148
Ah, minha bela 150
Chegará a primavera 151
Ainda não chegou a hora 152
Saber é o grande horror 153
Agora é a hora de voar, minha bela 154
Cantor de noites e madrugadas 155
Acabou o horário de verão 156
Amante ardente 157
Coqueiros descabelados.. 158
Branca nuvem branca 159
Constelações brilham... 160
Don Quixote.. 161
Não me canso de dizer que te amo....................................... 162
O milagre, minha bela 163
O dia passou, que nem sabiá que voou............................... 164
O tempo parece parado... 165
Ser objetivo... 166
Um minuto só 167
Com casca e caroço 168

NOVOS POEMAS

Poema da primeira estrela 171
Mangas amarelas 173
Eu e o tigre 175
Não importa 178
Carta-poema para João Cabral de Melo Neto 180
A procura de um poema para Mário Chamie 183
A procura de um poema 184
Mesmo que um dia chegue o barqueiro 186
Concha serenando ostra 188
Eu não me chamo Raimundo 189
Tentativa 190
Cassandra, a madrugada é qual carne viva 191
O círculo dourado 192
Pequena insinuação do vermelho 193
Pequena insinuação do branco 194
Anjo, quero resposta 195

CRONOLOGIA DE ANTONIO VENTURA 199

APRESENTAÇÕES
Sobre *O guardador de abismos* 205
Os abismos da prosa poética 207
O guardador de poesia 210

O CATADOR DE PALAVRAS
Crítica 217

CRÉDITOS DE IMAGENS 223

CONTATO COM O AUTOR 223

NOTA DO AUTOR

"Sim, as primaveras precisavam de ti.
Muitas estrelas queriam ser percebidas."
Rainer Maria Rilke (*Elegias de Duino*)

Caros leitores: todo anjo é terrível. Quem, diante da vida e da morte, nunca se rebelou contra a origem, a fugacidade, as lamentações, o sofrimento, o ódio, e mesmo contra o amor? Quem nunca se rebelou contra as catástrofes, os flagelos? E, hoje, quem não se rebela contra o apocalipse que se avizinha?

Sim, todo anjo é terrível.

Todavia, acreditem: somente a alegria nos salva do desamparo.

Clarice Lispector, em *A paixão segundo G. H.*, afirma: "A mim, por exemplo, o personagem G.H. foi dando pouco a pouco uma alegria difícil; mas chama-se alegria".

Aqui, em *O guardador*, não obstante *de abismos*, deixo para vocês, caros leitores, uma alegria sem nome, como flor à beira de um caminho. Humilde e sem identidade. Contudo, alegria.

Uma obra, quando editada, deve viver por si. Ter o próprio sustento e aspiração à eternidade. Uma obra permanece viva também na medida em que é reconhecida por importantes cultores do canto. Por isso minha gratidão aos escritores, Carlos Nejar, Antonio Carlos Secchin, Ivan Junqueira e Adriano Espínola, que teceram palavras tão generosas a este poeta e a este livro.

Na seção "Duas Musas", homenageio Lygia Fagundes Telles, grande incentivadora em meus primeiros passos de poeta, e Débora, amada, que estremece minha alma.

Meu tributo também aos artistas plásticos Carlos Alberto Paladini, Divo Marino, Francisco Amêndola, Marcos Irine e Tânia Jorge, que ilustraram esta obra, com engenho e arte.

Este livro pode ser lido na sequência original, ou em qualquer outra. Se possível, leiam os textos em voz alta, para curtir o encanto do som que dá corpo às palavras. Ouso fazer um pedido aos bem-vindos leitores: não guardem *O guardador* na estante, conserve-o na cabeceira. O livro da alegria.

O GUARDADOR ANTONIO VENTURA

Não foi a palavra que amadureceu Antonio Ventura, foi ele que amadureceu na palavra. Pois de seu livro de estreia, *O catador de palavras*, para este que tomou o nome de *O guardador de abismos*, há um processo de visão da realidade que mudou, tornou-se mais dura, lógica e implacável, ainda que o poeta seja o mesmo menino. Mas é um menino entremeado entre o desespero e a dor. "Menino atrás dos pássaros e borboletas amarelas."

E Antonio Ventura não é um poeta a mais, entre tantos. Mas o criador que é lido, na medida em que lê o mundo. E inventar é ver por dentro do verso. E sua obra repete, porque inventa. Pensa imaginando. De catador de palavras, passou ao ofício de guardador de abismos. O primeiro movimento era de fora para dentro, agora é de dentro para fora. Antes plantou, agora aprofunda e depura o que plantou. Afirma num fulgurante texto, um dos mais belos do livro: "Ainda hoje passarei por cima dos peixes". O poeta, aqui pesca, molhando os pés dos signos. Nada é fácil, já que "o destino da nuvem é ser livre dentro de seus limites". E o limite da nuvem é o voo. E o do voo, a leveza da palavra, a suficiente inocência de a arrebatar da lei da gravidade. Amar é isso.

Antonio Ventura, portanto, não escreve ao pé das letras, por não se acomodar, escreve ao pé do espírito, por antes escrever ao pé do abismo. E esse abismo pode ser a constatação da morte, o horror da "fera que nos leva para o sol, nos fere", verificando que a queda nos surpreende, "a queda de Troia". Ou pode ser precipício a explosão da vida e do amor. Aliás, nos poemas dedicados à Débora, a companheira, a sua "bela", erguem-se momentos primorosos, ciente de que "o vento só entende as coisas do vento", como o amor só entende as coisas do amor. Ou então o alto instante em que refere: "a minha primeira namorada, pai, foi uma estrela". Essa junção do terrestre e constelar no afeto, reafirma a condição de estrela, do abismo e a condição de abismo, das coisas elementares tal o amor, a noite, o dia, a manhã e o vento. "Volto, eu volto para pôr o vento em ordem". Porque é do poeta organizar o universo, conforme o sonho. Fazendo que até o sonho seja universo. E o universo, sonho.

Todavia, matar o Minotauro, através do mistério da poesia, no labirinto do verbo, é empresa de matar a morte. No entanto, "a estrutura da bolha de sabão", que traz à baila o conto de Lygia Fagundes Telles, trata da própria estrutura do poema em sua fragilidade e espessa grandeza. Ocorrendo outra alusão ainda ao texto como "animal iluminado", animal que nasce do fulgor. "Ó eternidade! És uma folha amarela que dança, e cai no paraíso de sol e pássaros".

Antonio Ventura dialoga, num catálogo de afinidades eletivas, com Borges, Lygia Fagundes Telles, Mário Chamie, João Cabral, Clarice Lispector... por estar vinculado a uma tradição. Ao revelá-los, se revela; ao dizer deles, fala de si. E é curioso como este livro se apropria do que denomino "prosopoema", (outros chamam de "prosa poética"), que se vai urdindo numa prosa encantada, onde a noção de verso se enfuna, junto ao veleiro de metáforas, sob o ritmo e a linguagem que se impõe, liberta, soberana.

Antonio Ventura, ao guardar no cofre dos símbolos, o abismo que somos, não só relata a nossa transitoriedade, como utiliza os instrumentos capazes de durar. Assegura Octavio Paz: "A poesia se ouve com os ouvidos mas se vê com o entendimento. Suas imagens são criaturas anfíbias: são ideias e são formas, são sons e são silêncio". (*A outra voz*, editora Siciliano, pág.143, São Paulo, 1990). E o texto de Ventura sabe ver, escutando, sabe sentir, pensando, com rico arsenal de imagens que, se não sofrem "a educação pela pedra" cabralina, ou "a educação dos sentidos", de Haroldo de Campos, padece a educação pelo abismo, que se desenha na magia e na oralidade. Vibrando como austero canto de consciência da morte. Com a serenidade de quem testemunha serem "felizes (as gaivotas) porque não sabem que morrem". Exacerbado ou não, ignorado ou inocente, o ato de morrer é causa ou fim do abismo, onde a imaginação é língua que não se cala e nem pode jamais desamparar o possível amor.

CARLOS NEJAR
da Academia Brasileira de Letras.

O GUARDARDOR
DE ABISMOS

AINDA HOJE PASSAREI POR CIMA DOS PEIXES

O vento passa pelo meu corpo e agita as folhas da pequena árvore. Estou na América do Sul de frente ao Atlântico. Vem dos canais um cheiro forte de peixes e moluscos e o mar traz a meus pés suas vítimas e seus despojos. Creio que hoje ela não poderá vir ao encontro e que eu não poderei afundar minha cara no sol que habita seu corpo. Aceito o verde que canta no mar porque não sei realmente o que fazer de suas vítimas. Praia Grande: no fim da Avenida. De repente, enfrento o mar mais fundo, porque nele eu vejo a imagem primitiva de meu sonho. Do sonho mais profundo de que tenho medo. Mas creio que hoje ela não poderá vir ao encontro. O sol contorna o mundo e nem parece que é a Terra em seu movimento de rotação. Milhares de crianças, mulheres, homens de todas as espécies, moças, virgens e semivirgens, povoam os limites da praia, esta terra de ninguém. A tarde continua serena e o mar em seu interminável ofício. Hoje ela voltará para São Paulo e sinto uma dor antecipada de tudo que fomos ontem. Contudo meu coração está sereno. A boca enche-se de areia que a gente mastiga, as crianças crescem seus cabelos. Nus: cairemos na água e no sal. Nus: conheceremos os peixes, os anfíbios, as aves aquáticas e os animais rastejantes que há milhares de anos abordaram as terras. Nus: caminharemos ainda sob este sol estrangeiro. Nus: nos vestiremos de algas marinhas. Nus: mastigaremos nossos dentes, dilaceraremos nossas mãos, nosso corpo. Nus: esperaremos ainda que os peixes saiam das águas. Nus – completamente nus – sairemos desta praia, destas águas, como quem sai de uma catástrofe!

Nunca, mulher alguma me fitou com os olhos cheios de sol, mas creio que hoje ela não poderá vir ao encontro. Uma alegria toma conta de minha alma gentil, principalmente porque estou na América do

Sul, de frente ao Atlântico. Se ela ainda chegar, faremos amor entre arbustos, entre folhagem úmida, entre lodo e musgos, entre algas, entre catástrofes. Entre o amor maior, entre a origem e entre as maldições, não seremos culpados, simplesmente os mais belos e trágicos, porque ele guarda no coração nossos sonhos mais profundos. Por milhares de anos ele invadirá apenas seus limites. Continua a vir dos canais um cheiro forte. O dia assassinado escurece no fim da avenida e num minuto será noite. Não serei eu quem tocará a trombeta do apocalipse. Apenas sei que ainda hoje ela tocará meus ombros e terei a certeza absoluta de que passarei por cima dos peixes.

AS LAMENTAÇÕES

Francisco Amêndola

Estaremos mortos, mas antes cuspiremos no chão e abraçaremos desesperadamente o que vier ao nosso encontro. A origem é um amontoado de fezes, de náusea e de lamentações. Estaremos nus e mortos – massacraremos as flores e roeremos nossos dentes, a beleza, a lágrima. A chuva não cairá sobre nossos corpos indefesos – estaremos guardados pelo segredo e pela música. Nosso corpo e nossa consciência é um câncer cravado no corpo dele. Ele é uma besta feroz – porém mais belo e mais terrível. Ele precisa de mim, porque me ama desesperadamente. Eu o renego assim como renego a miséria e o absurdo – mesmo que eu cuspa em sua face e mije em suas entranhas, sei que numa noite qualquer ele me arrebatará ao abismo – simplesmente porque ele precisa de minha destruição, de meu mijo e de meu cuspe, pois, como uma prostituta triste e sem amor, ele me ama desesperadamente.

Antes, quando chegava a primavera, andávamos descalços pela enxurrada. Hoje já é outono e não se ouve o barulho das crianças trágicas na noite. Mas abriremos todas as portas e todas as janelas para que o sol brilhe no chão batido. Derrubaremos todos os móveis, mergulharemos na terra, entre os campos e as águas. Passaremos noites de vigília e perceberemos o cheiro forte de nossas vestes amassadas. Sentiremos frio e então acariciaremos nossos sexos como quem massacra uma flor. Ele mija sobre mim e eu vomito tudo no banheiro – então corro pela avenida, chorando desesperadamente a beleza, chorando as lamentações, os flagelos, chorando a cidade, seus heróis, suas vítimas e suas crianças.

MINHA NAMORADA LOUCA OU O MORADOR DO PÂNTANO

Tânia Jorge

Minha namorada é louca. Hoje, na festa, ela trepou em meu dorso e nadamos pelo pântano. Ela ria e dançava desesperadamente, coberta de musgos, pelas campinas sem sol e sem noite. Mas minha namorada é louca. Ela não descobriu que sou um menino, porque tenho uma lambreta. Minha namorada é linda, mas de sua boca escorre chope e tempo. Hoje, na festa, deitamo-nos no chão molhado para que os presentes passassem por cima. Mas minha namorada é louca. Hoje ela se deitou nua sobre a grama, eu fui beijar o seu corpo branco e lindo, coberto de musgos. Então, nunca vi uma namorada fitar o horizonte com tamanho espanto. Mas minha namorada é louca. Matamos nossa fome com as flores do pântano, depois ela deixou os resíduos nas estrelas de nossas mãos. Mas minha namorada é louca. Ela arrancou meus olhos, para que seu corpo escurecesse. De meus olhos nasceram pântanos que correram para os esgotos do tempo como a beleza e os flagelos. Odiei minha namorada, porque ela é louca, completamente louca. Então, com meu corpo tremendo de amor, com minhas mãos molhadas de ódio e musgos, saio correndo pela avenida, chorando desesperadamente a cidade, seus heróis, suas vítimas e suas crianças.

PELOS CAMPOS DE TRIGO

Tânia Jorge

Atrás das pedras existem segredos. Atrás do amor existem coisas. Hoje não darei a gargalhada inútil da besta feroz, serei a própria besta feroz. Se não morrer hoje de amor, acordarei decepcionado. Hoje entrarei no Nirvana. Quero ser menino, quero correr pelos campos de trigo, quero iludir a morte. Não quero sentir frio. Choraria, porque sou um menino entre a televisão, o tempo e as ruas. Dá-me tua mão, porque tenho frio, dá-me tua mão, porque sou um menino, mas não temas nada, porque te protegerei contra os ventos, contra a beleza e contra o câncer.

A CIDADE ASSASSINADA

Estou descendo a rua da Consolação (que não consola ninguém) com uma revista *O BONDINHO* debaixo do braço, as mãos no bolso. São sete horas da noite, um pouco fria. Estou muito bonito, cabelos compridos, barba crescida, de toda cor, pisando a calçada dura. Meus olhos comuns, que já viram coisas, olhando essa multidão sofrida, desencontrada. Os automóveis passam por cima da solidão humana. Na Praça Rooselvet, compro um botão de rosa vermelha por cinquenta centavos, numa barraquinha onde se vendem flores. Mas no meio da rua já percebo que uma rosa é realmente frágil diante do grito timpânico da cidade. Com um botãozinho bobo de rosa em minhas mãos eu desço pelas ruas e vou assistir a um filme de Luiz Buñuel: *O Estranho Caminho de São Tiago, A Via Láctea*. Sento na poltrona e então o filme começa a falar do homem que traiu o cristianismo, porque se esqueceu de ser simples, de se olhar nos olhos.

Através de um simbolismo mágico, ali está o mundo numa síntese lúcida e diabólica, uma lição para aqueles que ainda querem marchar pelos caminhos da opressão. Nietzche disse que Deus está morto, Buñuel confirma isto, genialmente. Porque é absurdo concebermos um Deus dogmático e nascido apenas para uma classe de eleitos. Os dois vagabundos me lembraram as pessoas solitárias que passam por mim diariamente, me lembraram as prostitutazinhas da rua Augusta, me lembraram os bairros pobres de minha cidade de Ribeirão Preto, com suas misérias e suas quermessinhas, com serviço de alto-falante.

Saio do cinema e vou andando no meio do povo na avenida São João. A cidade está iluminada, as coisas brilham muito, parece dia. E entre esse grande barulho, entre as pessoas que não têm tempo nem de terem saudade de si mesmas, me dá de repente uma alegria infantil e a certeza absoluta de que Deus habita meu corpo, habita em São Paulo, habita na avenida e em toda parte.

O LOBISOMEM

De um prédio alto da rua Maria Antônia, eu olhava para baixo: automóveis passavam insistentemente sob a chuva fina. Nisso, eu vi o lobisomem, galopando pelas ruas com seus olhos de fogo; me deu um medo enorme, pensei que ia morrer. O lobisomem apeou de seu cavalo, em frente ao prédio, foi subindo o elevador, bateu à porta do apartamento. Não apresentei nenhuma resistência, porque o medo me paralisara a vontade. Apenas disse:

— Entre, a porta está encostada.

Estava eu sentado no sofá e sentia frio. O lobisomem foi entrando, vindo em minha direção, com olhos de fogo, parou diante de mim, depois sentou-se a meu lado. Seus olhos brilhavam como estrelas cadentes. Eu disse: —Vamos, sejamos razoáveis. Apesar de meu medo, sou ainda tão forte como você. E, se estou olhando em seus olhos, não é apenas por temor, mas é porque também eu sempre amei você, constante.

Então o lobisomem, olhando para mim com seus olhos de fogo, sorriu um riso de luz, um riso de alguém que já conhecia a face do mistério. Como minha vontade estava paralisada, ele foi chegando mais perto: meu corpo tremeu numa vertigem e senti um ruflar de asas na sala e tempestades passaram em meus cabelos. Quando dei por mim, estava sentado no sofá, com o rosto molhado, soluçando. Os amigos perguntaram espantados: — Ei, você está se sentindo mal?. Eu disse: — Não é nada, isso passa.

Os amigos voltaram ao redor da mesa, um disco continuou tocando na vitrolinha. Fui até a janela e lá do alto olhei mais uma vez na rua para ver se via o lobisomem, forcei a vista. Apenas automóveis passavam insistentemente sob a chuva fina. Mas eu tinha certeza absoluta de que o lobisomem galopava pelas ruas de São Paulo, com seus olhos de fogo, galopava por toda a parte.

OUTRORA

Nunca um dia é igual ao outro. Outrora, se bem me lembro, as mangas esparramavam-se pelo chão. Meus pés corriam nas enxurradas. A água de outrora era a mesma de hoje? O mesmo H2O? E eu? Sou ainda no tempo aquele menino descalço e feliz? Os amigos, onde estão todos? E Mariazinha, meu primeiro amor, onde andará?

Na idade do lobo, meus uivos varam a noite. Um lobo, nem feroz e nem lobo. Apenas um menino antigo e um pouco cansado.

Outrora, também, meus cabelos esvoaçavam ao vento. Meus pés pisavam a areia macia das praias. O mar antigo bramia na areia. E os peixes, há milhares de anos, já habitavam os oceanos. A maresia cheirava a um fim de tarde. E na memória a melancolia de todos os sorrisos das mulheres amadas. Amadas, mal-amadas, descabeladas feiticeiras. Dançarinas de ventre que um dia meus olhos fitaram. Que um dia meus sonhos sonharam.

OUTRORA 2

Antigamente, havia o sol e as mangueiras em minha infância, as calças curtas, os suspensórios xadrezes coloridos, as mangas-rosa e comuns amarelas na mangueira de nosso Deus, a roça com seus arrozais, e principalmente o riozinho que passava no fundo do quintal, ah, aquilo era o Éden perdido na terra!

No riozinho a meninada nadava nua, uns jogavam barro nos outros e tudo era bonito. Não havia tempo em nossos olhos, porque do mundo não sabíamos além do horizonte, porque além do rio o mundo era muito grande, maior do que as estrelas da noite! Havia duas menininhas branquinhas de tão loiras que eu namorava no meio da horta, escondidos numa capoeirinha. Naquele tempo, a gente sabia namorar, principalmente porque não sabíamos namorar, só ficávamos abraçados, fingindo de marido e mulher e dizíamos que, quando a gente crescesse, iria se casar. Onde, agora, andarão as duas meninas branquinhas de minha infância, de cujos nomes nem me lembro? Não importa saber, só importa é sentir esta onda de ternura perdida no tempo. Ah! Eu vivia ao leste do Éden e não sabia!

DELICADEZA

Desenhar passarinhos. Ser delicado com a pena delicada. Escrever. Devo escrever, já que sou um poeta, ou pelo menos assim me vejo. Ser delicado com a criança que brinca no jardim, na bênção das boas chuvas que nos protegem. O retalho de imagens. Escrever é um exercício de viver, principalmente viver. Gosto das coisas delicadas, porque nelas vive a força do mistério. O mistério vive da delicadeza. As imagens. Imagine e veja. E escreva. Escreva. Antecipe o tempo de hoje, pela delicadeza. Insistir. Insistir é querer viver, respirar, ver. Narciso vê o espelho. O espelho está cheio de palavras. As palavras estão vivas. À procura da invisível estrela. Da palavra perdida que irei viver ontem, hoje, amanhã, brincando de jardineiro na folhagem da manhã. Busco o dia que sempre amanhece.

O destino da nuvem é ser livre dentro de seus limites.

FEVEREIRO

Janeiro já se escoou no tempo, com suas chuvas, ventos, ventanias, vendavais, tremores de terra. Neste cair de noite ainda claro, fresca tarde acinzentada, a chuva cai dos telhados molhados, esparsos trovões rugem no céu como lobos, mas, de resto, a chuva é calma, quente, fresca e as árvores e os mamoeiros são tão verdes que iluminam meus olhos e tudo é tão simples e sem mistério, como a voz de um Deus que canta nos pingos da chuva.

Já é fevereiro e a mesma chuva e sensações diferentes que são de hoje, do hoje que foi ontem, do hoje que será amanhã, quando chover e o cair da noite for assim. O hoje que é o hoje e que é o sempre e que ninguém poderá negar, que um dia sonhei com a chuva, sonhei com um anoitecer assim, sonhei com estas goteiras que caem e respingam na água brilhante, esparsamente empoçadas no cimentado e que o céu ainda é claro acinzentado, sobre os telhados, sobre as antenas das casas, sobre os fios dos postes, sobre o calmo silêncio da cidade.

Chove neste carnaval. Ao longe trovões rugem roucamente. A terra está grávida e verde, neste país tropical.

FRAGMENTOS DE ABRIL

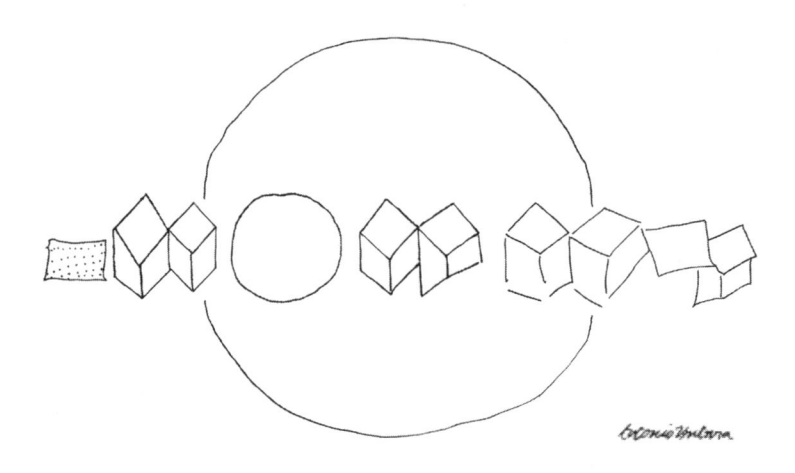

1. ABRIL

Um pequeno vento frio e úmido passeia nesta manhã de abril trazendo presságios de inverno. Pela janela onde escrevo, vejo um muro de blocos, telhados, e à beira do muro, no quintal, dois mamoeiros. Carregados de frutos, tronco, talos ocos e folhas verdes como lanças.

Nas ruas, mais longe, alguns cães latem.

Um jovem pardal salta sobre o muro, dá pulinhos e vai embora. Na linha férrea, um comboio passa, perto de casa, em frente na avenida carros também passam, uma janela se abre, uma réstia de sol sobre a mesa onde escrevo me invade e a cidade acorda.

Ainda um pequeno vento frio e úmido passeia na manhã acordada, agora mais clara e mais nítida.

Manhã de abril.

2. AINDA ABRIL

Não posso sofrer, só porque nesta tarde de abril ainda chove e o dia todo está cinzento. Não posso sofrer, porque uma janela ainda se abre e o vento balança o verde das árvores e o verde dos frutos, não devo sofrer, porque os pingos vão caindo sobre a água em cima do cimentado e, quando eles tocam água na água, tudo respinga de maneira brilhante.

Não posso sofrer, porque ainda é abril.

3. ABRIL AINDA

Ainda é abril.

A mesa onde escrevo é amarela, mas a tarde através da janela é cinza, e chove. Um vento úmido e confortavelmente frio entra em pequenas rajadas pela janela e pela porta aberta.

A tarde é de abril e parece antiga. Como antigos somos nós, que não envelhecemos como as chuvas, como o vento que sempre é vento.

A tarde de abril está úmida e grávida. Dois verdes mamoeiros estão carregados, no quintal, perto do muro de concreto. Desde criança conheço mamoeiros e a história continua em seus talos verdes, suas folhas pontiagudas como espadas.

Um cão late em frente, perto da avenida. Alguns outros respondem. Também desde criança conheço os cães e até hoje são os mesmos. E latem na tarde de abril, inconsoláveis.

A NOITE E O VENTO

Amadrugada dança ou é o vento que dança no ventre da noite? Pirilampos são estrelas que dançam no vento da noite? Ou é o vento que dança? Ou é a ventania ou o clarão que ilumina a noite? Ou é a lua que, pálida, ilumina a noite dos ventos?

Ah! Esta Terra que gira com os ventos que buscam nossos cabelos e os cabelos das crianças antigas! Ah! Eu quero o dia que vem depois da noite, com o sol banhando as cascatas de nuvens! Ó eterno giro! Eternas crianças com os cabelos ao vento! Vamos em direção do azul! Ó vento que balança folhas vestidas de amarelo e ainda nem é outono! Ó vento! Ó eternidade! És uma folha amarela que dança, e cai no paraíso de sol e pássaros!

    Ó eternidade! Ó eterno giro! Dá-me o sol e o dia que amanhece! E dá-me os pássaros! Os pássaros! Os pássaros!

PARTO

Para José Mario Pereira

As palavras aparecem mágicas, no momento preciso de seu parto. No segundo mágico de seu parto. Na hora exata de seu parto. No momento único de nascença. Não sabemos exatamente de onde vêm as palavras, símbolos da noite indormida. Uma música vem ao longe, vem perto. O ventilador no teto é uma parábola, símbolo da vontade da matéria que gira e venta como as brisas que ventavam em minhas manhãs de criança correndo ao vento igual às árvores que ventavam ao som das folhas verdes. Ah, como amo as palavras que nunca foram minhas, assim como nunca foram meus os ventos e o sol e a chuva e as brisas! Ah, houve um momento em que acreditei que as palavras fossem minhas. Eu dizia: sol!, e pensava que a palavra sol fosse minha, embora eu possa cultivar a vaidade de dizer que numa tarde eu vi o pôr do sol, palavra que não era minha mas que estava no horizonte vermelho o pôr do sol ao cair da tarde. Ah, cultivei a doce vaidade em dizer que um dia fui criança e vi o rio que passava no fundo de minha aldeia e vi o sol que nascia todo dia atrás das bananeiras e então pensei que o sol fosse uma coisa mágica igual à palavra sol. Depois tive a vaidade de ver a palavra sol, quando tinha sol, e a palavra lua quando tinha lua, e chuva, quando chovia. Ah, as palavras aparecem mágicas, no momento preciso de seu parto.

TENTATIVA INÚTIL DE DESCREVER CHUVA CAINDO NA MADRUGADA QUASE DIA

Carlos Alberto Paladini

Hoje, 25 de outubro de 2007, provavelmente quase cinco horas da manhã. Chove, barulho de água caindo dos toldos, dos telhados. E chove num ritmo igual, insistente. Meu amor eterno e breve como a vida dorme. E a chuva cai, no mesmo ritmo e mesmo barulho. Impressionante a chuva, sinfonia de uma nota só, na manhã cinza que vem chegando. Impressionante, a chuva foi só aumentar um pouco de intensidade para mudar a sinfonia, que continua, não obstante, no mesmo tom. A chuva e o barulho de água caindo é como uma rainha reinando em seu reino líquido. Barulho que acalanta, cantiga de ninar poeta insone. Cantiga de ninar água caindo dos toldos, do telhado da casa onde um poeta ouve a sinfonia da chuva que veio de longe, mas tão antiga como a chuva, meu doce amor que dorme. E chove! Mas nem por isso a Terra deixa de rolar nas profundezas do ar para apontar sua face para o sol; embora não garanta o amarelo quente, pode ser claridade cinza como os dias de chuva. Chove! E a madrugada quase dia rola. E chove! No barulho de água indescritível sobre os toldos e sobre os telhados. Música de água líquida. Límpida, sobre a tristeza da Terra, sobre a tristeza dos homens que habitam a Terra. Ah, água límpida que lava a alma dos que dormem sob a chuva que canta, faz barulho incessante de chuva! Lava minha alma, ó barulho de chuva que não para, sinfonia, Bach da natureza sem instrumentos ou craviolas, mas chuva acalentadora e barulho incessante de água límpida caindo na madrugada que certamente será logo dia! Ah, chuva, meu amor, minha criança, minha menina que chamou o poeta insone para dizer sobre a chuva que não consigo descrever com palavras esse barulho que acalanta minha alma e acalanta a noite caindo a chuva sobre os toldos e sobre os telhados. Ó barulho de chuva, desta chuva que cai lá fora, como poderei te pegar em palavras, como pássaros líquidos como a chuva que canta canção de Bach que ainda não foi escrita mas que canta em minha alma. Ó crianças, ó meninas, ó meninos, amada minha, filhos meus, acordem para olhar a chuva que cai por sobre os toldos e telhados!

O DESTINO DA MANHÃ

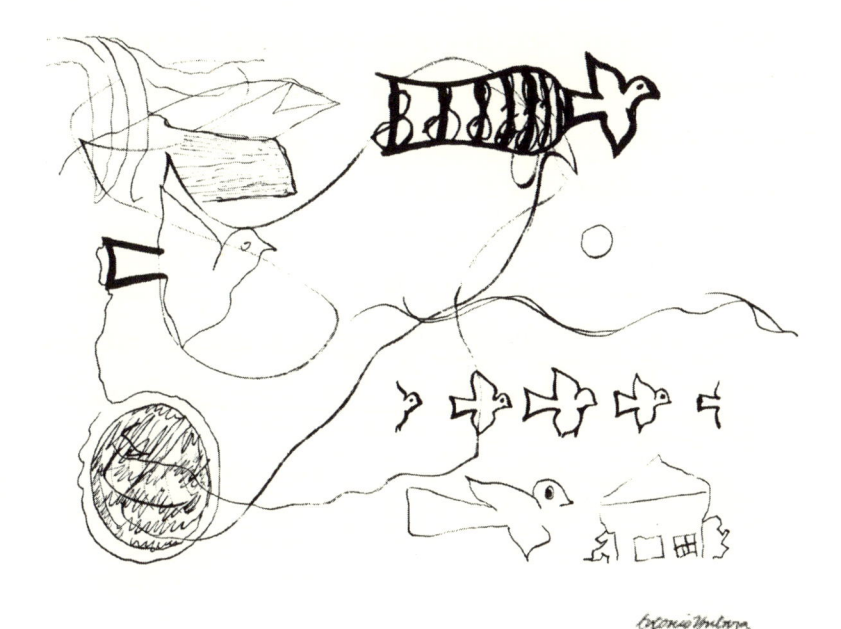

Hoje, 27 de setembro de 2005, 5h39. Pensávamos que tínhamos o destino igual ao das grandes chuvas. Da chuva que chove a noite inteira como hoje. Sem parar, na madrugada quase dia. Pensávamos que o nosso destino fosse a chuva. Mas não só esta chuva, pois sabíamos que com a chuva viriam os piados dos primeiros pássaros da manhã. Então pensávamos que nosso destino fosse os piados dos primeiros pássaros da manhã, que está chegando. E sabíamos que os pássaros anunciavam o sol que poderia vir logo na manhã, ou em alguma manhã, ou tarde do dia. Mas que o sol viria, e que nosso destino fosse o sol, com suas maçãs tão doces, e que nosso destino seria como as maçãs tão doces. Tão doces como nosso destino que acorda na madrugada quase dia, chuvosa. E a maravilha dos pássaros que piam lá fora, partes integrantes do mundo e da chuva. E esse é o nosso destino, o destino desta manhã, com os pios dos pássaros incessantes, penetrando nossos ouvidos, nosso corpo, nossa alma e nosso destino sobre a Terra.

VAMOS LÁ

Vamos lá, tá tá tá. Tá? E se não tá? Se não tá, torna-se fubá. Tico tico no fubá? Nem tico tico nem cá nem lá. Jatobá, e tudo vira mingau? Au, au. Que tal? A prisão eu vi do preso. E o preso éramos nós, retrós. Liberdade, pela janela, o sol. Mas tem sempre o fulano de tal. E nada no lençol. Nem eu, nem nós. Se peidar o bicho pega, ou o bicho cheira? Nem cheira, nem eira e nem beira. Na ribanceira fica a peidorreira. Sem uva na parreira, a parreira não existe, mesmo verde. Que te quero verde.

Como os ventos. Cataventos. Moinhos. Toninhos. Chuva, enxurrada, pés descalços. Aqui, agora. A eternidade é o nada, da cagada. Pelada. Embananada. Como o nada, sem meninada. Sem passarada. É piada. Que não gosto. Desgosto. Mês de agosto. É passado. E o futuro? Procuramos. Na madrugada. Sem nada. Sem sonhos do mundo. Raimundo. Vagabundo. Bunda. Muda. Vulva. Pinto. Peito. Tudo bem, quando tem. O amor de alguém. Vagalume tem tem, teu pai tá aqui, tua mãe também. Pirilampos, tem no campo. Ah, que acalanto. No entanto. O canto, ficou no canto. Quieto. Apenas quieto. Não morto. Mas vivo. O anjo torto.

PEQUENA CRÔNICA DA INFÂMIA

Recriação de *O Disco*, para Jorge Luis Borges

Vivo numa cabana, no meio de uma floresta. Um dia, um estranho apareceu. Comeu em minha casa e me disse que trazia consigo um disco, por isso era o homem mais poderoso do mundo. Em sua mão espalmada, vi o brilho de um pequeno disco, que parecia uma moeda. Tinha uma só face e era infinito, pelo menos as linhas que acompanhavam o seu brilho não tinham fim. Quando chegou a noite, o estranho acomodou-se em uma pequena cama, em um pequeno quarto, aos fundos da casa. Pensei no machado, bom instrumento. Foi um golpe só abrindo o crânio do estranho. Arrastei o corpo para fora. Desesperadamente procurei o disco, a pequena moeda que brilhava na mão do estranho e que tinha todo o poder não só do mundo, mas do universo. Não achei. E por causa daquele disco me cobri de infâmia. Mesmo assim, enterrei o corpo num lugar mais longe da floresta. E todos os dias, quando o sol aponta sobre as folhagens e trilhos da floresta, meus olhos fatigados ainda procuram o disco.

NA DANÇA DA FERA

Hoje é o dia 24 de maio de 2003, uma hora e trinta minutos. Madrugada. Uma hora e trinta e um minutos. Um piscar de olhos e já muda o instante. Uma hora e trinta e cinco minutos. Em quatro minutos o tempo passou e nada escrevi. Escrevo isto e já é uma hora e trinta e seis minutos. Pronto, já é uma hora e trinta e sete minutos. Uma hora e trinta e oito minutos. Uma hora e trinta e nove minutos. O tempo me persegue desde a infância. Uma hora e quarenta minutos. O tempo é um rio, já disse algum poeta. Dizem que a água que corre nunca é a mesma. E nem todo rio é eterno, apenas eterno enquanto dure. Preciso ultrapassar o tempo, e ser eterno. Eterno e não apenas a consciência do eterno. Cansado de ser eterno, agora serei moderno. Uma hora e quarenta e cinco minutos. Já mudou o giro: uma hora e quarenta e seis minutos. A angústia do minuto a minuto, a caminho do sol da manhã. Uma hora e quarenta e oito minutos. Tudo é um breve instante e Deus brinca com as estrelas. Uma hora e quarenta e nove minutos. Uma hora e cinquenta minutos. Tudo é feito de intervalos de silêncio. Cada segundo pode ser dividido em milhões de partículas, ao infinito. Madrugada. As crianças dormem. A amada dorme. E tudo é espaço dentro do tempo impiedoso. Uma hora e cinquenta e dois minutos. Uma hora e cinquenta e quatro minutos. Estamos presos ao tempo e tudo é uma imensa memória. As aves estão dormindo nas árvores imensas, na noite. Uma hora e cinquenta e cinco minutos. Uma hora e cinquenta e seis minutos. E a Terra gira, a caminho do sol. Aqui no ocidente, na rua dos Flamboyants, número oitenta. Pitágoras dizia que o universo são números. Uma hora e cinquenta e oito minutos. Ah, mísero escravo do tempo, à procura do espaço. Duas horas. Mudaram-se os números, na dança da fera. Duas horas e dois minutos. Duas horas e três minutos. Duas horas e cinco minutos. Duas horas e seis minutos. E assim, a fera, a fera, nos leva para o sol, nos fere, no meio dos pássaros, no ocidente, girando a Terra, a caminho do sol, a fera, a fera, a fera, a fera.

NATAL, O TRISTE DESTINO DAS GAIVOTAS

Hoje, 20 de dezembro de 2004. 0h50. A chuva chegou à tarde e não parou até agora. Há muito tempo não via tanta chuva. Esta semana, sábado, comemoraremos mais um Natal, com a ceia começando na sexta-feira, exatamente à meia-noite. Soltarão fogos de artifício. Natal, com comida farta, leitoa, frango caipira, arroz, maionese, farofas, e, quem sabe, carneiro. E uvas, abacaxis, melancias. Mas dizem que o Natal representa o menino que nasceu em uma manjedoura, jurado de morte, um dia morreu justamente para que entendêssemos que todos somos irmãos, nascidos da mesma matéria, da mesma chuva milenar, dos mesmos átomos que deram origem às esferas dos DNAs. Resumindo, o filho do homem queria dizer: olha, eu sou eu e sou você, sou esta chuva, este sol sobre a terra, esta pedra, esta árvore, este céu que nem sempre está azul e nem sempre à noite está abarrotado de estrelas. Por isso ele veio para nascer, morrer e renascer a cada dia de sol, a cada dia sobre os campos de trigo. É por isso que um dia eu te chamei de pai, irmão, mãe e te disse que somos todos iguais, embora alguns mais divinos que outros. Os divinos são deuses. Os não divinos sofrem, porque são pobres de espírito. Mas a chuva cai mansamente e parece que vai varar a noite. Chove e a chuva faz barulho de água caindo em cima dos toldos, dos telhados, das plantas. Na verdade somos feitos de água, que mata a sede dos rios. Só não mata a sede do mar, que é salgado, e está sempre com sede. Por isso que o mar não descansa, sempre atormentado de areia e sal e sol. Ah! Que saudades do mar, daquele mar remoto, tão remoto que está presente no meio das algas marinhas, batendo nos rochedos de pedra bruta. Pedras de cores escuras, a chama das lavas solidificadas formou os rochedos cinzentos. Belas são as espumas, chegam nas areias quase brancas e espumando voltam para as águas. Muitas espumas são tragadas pelas areias, quando as brancas espumas vão e voltam, voltam e vão. E este é o destino dos homens, o destino do mar e das pedras, ir e voltar, trazendo as gaivotas e outros animais marinhos, que voam circundando as praias. Além do mar não existe nada. Apenas silêncio. Eterna idade. E o triste destino das gaivotas, que morrem brancas nas praias. Felizes, porque não sabem que morrem.

HOMENAGEM A CLARICE LISPECTOR

"Estou procurando, estou procurando. Estou tentando entender. Tentando dar a alguém o que vivi, e não sei a quem, mas não quero ficar com o que vivi. Não sei o que fazer do que vivi, tenho medo desta desorganização profunda".
Clarice Lispector (*A paixão segundo G. H.*)

A vida, antes de qualquer dever, é uma paixão medonha, não somente de G. H. Também porque creio, amor, que esta vida para viver é anterior a nós e nossas vãs filosofias, nosso comércio, nosso pão suado de cada dia.

Não, amor, nós não somos a vida, somos apenas seus filhos bastardos, aparentemente felizes.

Um dia dei um grito profundo, me tiraram de uma placenta ensanguentada, (e a vida, ah, já existia há tanto tempo!) então me fiz humano e pequeno, amor, por isso peço a tua mão; porque tenho carência dela para andar por cima das pedras, atravessar o asfalto, para não ficar sozinho na solidão das grandes cidades.

A provação não sou eu que a faço, veja bem, amor. Apenas provo a água que me estendes com tuas mãos generosas; então eu sou água e sou líquido, e sou sólido, e vivo.

O caminho da vida, amor, progride, mas até hoje não sabemos exatamente se através de nossos pés humanos, nossas mãos cheias de erros, nossa memória esquecida do que há de mais belo nos livros ou naquele único livro.

Igual a ti, amor, não quero que a vida tenha direitos nem deveres, sempre tão sujeitos a dúvidas. Quero apenas, agora, tuas mãos ausentes cheias de paixão, mas vivas, a tocar o caminho da eternidade que, através dos símbolos, me ensinaram o caminho da alegria difícil, contudo alegria.

Dá-me tua mão.

SEGUNDA HOMENAGEM A CLARICE LISPECTOR

Tânia Jorge

Hoje é dia 14 de abril de 2005, 1h15. Ah, o tempo só passa. Já entrada a madrugada um cão ladra na noite enorme, o cão enorme ladra, late rouco, qual bicho louco. E a noite é noite, porque o sol brinca do outro lado do mundo, cheio de sol. Por enquanto, por aqui na rua dos Flamboyants, número oitenta, é noite, porque a rua está escura, as ruas estão escuras e um cão vadio late rouco. Na noite. Que não é dia, porque o sol brinca do outro lado. Estamos condenados à noite, sendo que o sol brinca do outro lado. Depois o sol vem e todos acordam e correm para o nada, correm tanto que chega a noite (porque o sol foi brincar do outro lado) e então se perguntam, meu Deus, o que fiz eu do dia quotidiano dia, o que fiz de minha beleza que um dia tentei explicar em palavras? Ah! Não quero adormecer, porque, se adormeço, ouço logo o relincho de um potro selvagem, arfante, ofegante, com os cascos raspando em alguma relva verde. Então Equus cavalga pela campina branca de luar, e assim esta imagem se repete há milênios, e até hoje não conhecemos os cavalos, nem seu Deus Equus, nem nos conhecemos, que também há milênios apontamos nossa face na luz do sol, e pensamos que somos únicas cópias autênticas do universo. Qual o quê!

Ah, vem, ó meu amor que fatalmente dorme, pensando que a madrugada já é o começo de um dia que se repetirá, o hoje sem ser hoje acontecendo, como se nada tivessse acontecido. Ah, meu amor, um dia eu pedi tua mão, pois eu sentia falta dela, como da água da fonte ausente. Por isso é que corri pelas florestas intrincadas, colocando os ouvidos na terra, à procura do barulho das invisíveis fontes que percorrem o seio da terra, que percorrem a grande boceta da terra, geradora de crianças inocentes, culpadas pelo fato de serem crianças, e serem crianças pelo fato de serem culpadas pelo pecado original, que ninguém sabe de que origem é, porque se soubéssemos, seríamos deuses, e a nós só nos foi dada como herança a grande dúvida do ser, onde nem sabemos se somos. E se somos? Pouco importa para Deus. Que é. E nem está aí com as crianças, e nem com o vento que tomba os campos de trigos, tomba o capim colorido à beira das estradas. Não, meu amor, a nossa provação é o conhecimento do horror de sabermos que fomos há milênios, mas estamos estupefatos com o agora, o é, o é.

CLARICE LISPECTOR DESCEU AO INFERNO

O tempo correndo como um rio. Clarice Lispector se apaixonou por G.H. de maneira tão intensa que virou água, pedra, terra sob a terra, memória sob o ar e nas bibliotecas, onde o seu viver era de profunda desarmonia e desintegração, a eterna desintegração do vir a ser.

Porque à noite vêm aos nossos ouvidos os relinchos estridentes dos negros cavalos, arfantes, cavalgando sobre a campina verde.

Por isso, meu amor, peço tua mão, enquanto o dia tem tempo de sol.

O TIGRE

Carlos Alberto Paladini

"Não sabia mais o que fazer, quando numa manhã de primavera me atacou. E eu tive, com grande dor e lágrimas, que, devagar, devorá-lo".
Carlos Nejar (*Contos inefáveis*)

Nunca criei um tigre. Certo que uma vez ofereceram-me um filhote para que eu o criasse. Mas tive medo. Todos sabem que um tigre é um tigre, ninguém brinca com sua consciência felina e seu instinto poderoso de felino, sem correr risco de perder a vida. Por isso disse não, que não poderia criar aquele filhote de tigre, que, não obstante, de tão pequeno parecia inofensivo. Pequena pantera rajada. Quase um brinquedo.

Nunca criei um tigre. Mesmo porque tigre é animal selvagem, o certo é ele ficar bem dentro da selva, onde encontra sua caça. Eu não quero ser caça de um tigre, por mais belo e por mais que nos fascinem os intermináveis pontinhos de sua pele e o olhar observador. Tigre é bom mesmo para nos dar medo, nos perseguir em nossos sonhos, correndo atrás da gente. Nós não sabemos correr na floresta. Ficar à mercê de um tigre livre na selva, nem na imaginação. Sua liberdade é maior que a minha que sucumbe ao tigre e ao vento. E meu corpo pode ficar ali, no chão, na relva, mutilado e ensanguentado, comida de tigre.

Nunca criei um tigre. Mas, se no tormentoso sonho nos depararmos com o tigre? Sim, se na noite escura vier o tenebroso encontro? Estaremos irremediavelmente perdidos e à mercê de suas garras, ou podemos num simples despertar estalar os dedos e o tigre, como fumaça, sumir de repente?

Nunca criei um tigre. Mas diz uma lenda que foram criados infinitos tigres, enviados para habitarem as estrelas, nas esferas mais altas. Dizem que cada pontinho de sua grossa pele amarela e rajada se espalha pelo Universo e chega até a formar as estrelas que cintilam no céu. Amarelas como a imensa pele do tigre.

Nunca criei um tigre. Mas tenho medo de meus sonhos, pois sempre estou lutando com esta fera. Sinto-me frágil, o tigre sempre cercando meu caminho. Mas sempre consigo, no desespero, matar o tigre com uma faca grande, certeira e afiada. Sangro sem piedade seu coração. Muitas vezes chego a cortar sua cabeça. Mas não consigo livrar-me dele, mesmo depois de intermináveis facadas sangrentas que furam e cortam sua pele dura.

Dizem também que de certa feita um homem sonhou com o Paraíso e colheu dele uma flor. Quando acordou, a flor estava ao seu lado, em cima de sua cama. Mas meu medo maior é sonhar com o Paraíso e encontrar a intrincada floresta e o rajado tigre, de enormes presas afiadas, e, quando acordar, ao meu lado me deparar com o mesmo tigre, eu e o tigre, e não saber mais quem é o homem e quem é o tigre.

NADA COMO O TEMPO PARA PASSAR

Meu Deus! Nada como o tempo para passar! O tempo está passando mais depressa que a teoria de Einstein! Onde foi o anjo, o anjo que é criança, da infância? Flores nasciam nas cercas verdes dos matos. O cheiro de mato subia com o calor do sol quente sobre o verde das árvores. Mas tudo isto é saudosismo. A criança que fui brinca apenas dentro de mim e nas ressonâncias do tempo: To-ni-nho! To-ni-nho!

Que alegria a água caindo pelas calhas nos dias de chuva. Os pirilampos chamavam-se vaga-lumes, vaga-lume tem tem, teu pai está aqui, tua mãe também.

Madrugada igual a nada. Vi, à tardinha ainda clara, vi no céu azul autêntico, um avião suspeito riscando o céu, deixando um rastro de fumaça, perto de um arco-íris no céu nitidamente azul, depois de rápida chuva. Ah, como eu quero o azul, meu Deus, como eu quero o azul.

Sempre tive dúvidas do amor que já está maduro para morrer num abraço eterno. Por que o amor, somente se justifica para dizer que gozo e gozo e gozo durante o dia e gozo à noite, perto do mar?

O mar é nosso companheiro fiel, que não nos conhece. Sua natureza é se perder em água que salga a água e salga a areia, salga o saco dos homens que nele entram, salga o pinto dos homens que nele mijam.

A força vem devagar, depois se fixa com a finalidade do gozo da mulher amada que geme com sinceridade, ou só da boca para fora.

Meu medo é ser iludido feito presa de Circe, feito Ulisses enfeitiçado. É certo que um dia enganei Circe, depois de perder o espaço e o tempo em que estive no mar. Mas não posso deixar que Circe me transforme em animal, só para seu prazer. Circe me enfeitiçou na praia do nada, onde vi o tudo e a ilusão de que deixamos um balde sozinho na areia. Eu quis ser brinquedo e quis brincar, igual aos meninos que saltavam dentro do pequeno rio, que corria no fundo de minha aldeia.

Chega de saudade, como dizia a antiga música! Onde está o meu amor agora, dormindo ou sonhando com um sonho em cada esquina?

MAMADEIRAS DE VIDRO

Nada como o tempo para passar, e passa, qual vacas no curral, vacas de tetas avermelhadas cheias de leite, de manhã são ordenhadas pela manhã, manhãzinha. Quero chupar as tetas das vacas, ao amanhecer com o sol subindo por sobre os morros, as tetas quentes das vacas, quero chupar o leite gostoso e quente, nas tetas das vacas.

Mamar sim nas tetas das vacas, ó vacas de minha infância, que no curral doavam pacificamente leite para os bezerros e para as criancinhas que sugavam nas mamadeiras feitas de vidro, porque naquele tempo não existiam as mamadeiras de plástico e eu sentia o leite quente em minhas mãos pequenas, o calor do leite dentro da mamadeira de vidro. E docemente descia pela minha boca aquele leite quentinho que vinha da mamadeira de vidro que minha mãe me ofertava depois de pôr açúcar no leite que me estendia quente na mamadeira de vidro. Eram doces as manhãs, bem doces e o vento era puro como a planície ainda não devastada e repleta de búfalos e bois e vacas pastando na livre manhã de todos. E por que não? A manhã naquela época era de todos, mas principalmente das crianças que bebiam o leite quente nas mamadeiras de vidro.

O QUE DIZER NA NOITE?

O que dizer na noite sossegada? Ah, como é bom escrever nesse espaço íntimo, onde não dominamos o vento...

Para que cantar, se os dias já estão previstos? Mas cantar é preciso, como dizia uma canção.

Lá fora, além das janelas e das portas, chove na noite, madrugada. A noite está um pouco fria, começo de tempos frios. O barulho da chuva me acalanta, igual quando era criança, a água pingava nas latas, no quintal.

A madrugada engole o ventre da noite. O lobo uiva perante a liberdade dos ventos nas montanhas, os pés nas areias. Livres!

O que quer o futuro? Por que não somos seu dono? O dono de seus caminhos? Quantas vezes terei de dizer que te amo, ó sol! Cadê meu anjo da guarda, o anjo de todos os meninos? Orem por nós, que temos o pecado de viver. Nós que temos a maravilha de viver.

LÁ FORA DA CASA A NOITE SE AGITA

Lá fora da casa a noite se agita, molhada com uma chuva mansa, incessante. Tudo cheira a água molhada. Ó força das grandes águas, purificai nosso corpo! Iluminai nossos espíritos. Afastai a grande besta. Mas fiquem atentos, ó homens das cavernas. Fiquem atentos que chegará aquele que despejará água sobre vocês como se fosse arco-íris.

Quieta, minha amada dorme. Sem saber da chuva e da noite molhada.

UM PEQUENO CÃO LATE NA NOITE

Começo da Primavera. Um pequeno cão late na noite, incessantemente. Não sabe que late, o cão miserável. Ou sabe? E nós sabemos que falamos e que realmente colocamos em nossa boca palavras que não sabemos de onde? E quem é mais miserável, este pequeno cão que late ou nós, que marcamos no calendário as estações? E o pequeno cão late, late, sem descanso, na imensa noite sempre inconsolável, de infinitas e visíveis estrelas.

CÃES MISERÁVEIS INSISTEM

Cães miseráveis latem na noite. Não param, como se almas penadas habitassem as ruas lá fora. A lua está crescendo? Ontem vi a lua, magra, fina, curva, no céu, à tarde. Tardinha. Perto a primeira estrela. Depois a boca da noite. Bocão. Engolindo tudo que era luz do dia.

Cães insistem em latir grosso na madrugada, lamentos de seus ancestrais que tinham o mesmo nome de cães que latiam nas noites imensas como esta.

LOGO SERÁ DIA

Logo será dia, meus filhos. Amo o rio que corre, porque o rio que corre, corre, porque este é seu destino. Assim como é o destino dos lagos tremularem suas águas ao toque dos ventos, é destino da pedra ser dura e aparentemente inerte. Logo será dia, meus filhos. E o sol (haverá sol?) brilhará com o calor de que gostamos, de que todos gostam, porque o frio é deleite só para os pinguins e as tristes gaivotas. Logo será dia, meus filhos. Espermatozóides nadam, vindo proliferar a raça, já tão esparramada pela Terra. Logo será dia, meus filhos. Logo será dia. Chegando, deixai que o primeiro grito do pássaro vare vosso ouvido, pois este é o milagre.

JACA E MEL

E daí? Todo dia é um dia a mais mesmo, ou a menos. Tudo o que vai vem, assim como o poema é a poesia dos dias. As noites também se desfiam, como noites, cheias de estrelas. Principalmente nessas noites de verão, quentes. Quando o dia amanhecer o sol brilhará novamente na piscina e tudo seguirá seu ritmo. A babá Fátima chega logo pela manhã, já pega o Toninho para cuidar. Chega também a Joana, faz o café, apronta a mesa. Depois vai mexer com as roupas, lavar quintal, cuidar da casa, fazer comida. Na parreira de uvas brotaram alguns cachos. Também nenhuma novidade. Você não iria querer que nascessem abóboras. É certo que as jacas, tão enormes e cheirosas nascem em árvores. Mas é difícil uma jaca se esborrachar no chão. Favos de mel tem a jaca, quando bem madura. E os favos da jaca, quando bem madura, parecem céu, melhor que mel.

A NOITE ROLA

Boa noite, poeta. A noite, nem tão alta, rola na imensidão da Terra girando em busca do sol, que logo virá, trazendo os pássaros da manhã e os piados dos pássaros da manhã, garanto que virá. Um dia, quando criança, o universo existia e nada era novidade, nem nos espantava, como, agora, a água da enxurrada que corria suja e cheia de folhas depois da chuva. Ah, como eram doces as chuvas! E o céu, como era azul na imensidão azulada! E o pequeno rio que passava no fundo de minha aldeia, ah, como era doce o pequeno rio que passava no fundo de minha aldeia! E Mariazinha, meu primeiro amor, onde andará? Ah, poeta. A noite rola.

LUAR DO SERTÃO

Ó doce luar do sertão! Quando poderei dizer que hoje esperei a grande mão que não veio? E quando virá? Se virá? Ó grande anjo, por que não iluminai as passagens? Que tempo de espera é este que há tanto espero! Abri, ó portas das cavernas, as portas das grandes cavernas em que estão mergulhados os poetas sedimentados. Acordai, ó poetas que ainda pensam no ontem, pensando que o ontem é o amanhã da glória! Acordai, meu anjo da guarda, chamai os valentes anjos das pelejas, já é o início da nova era, é chegado aquele que jogará água sobre vós como se fosse arco-íris. Chamai os valentes! Para a corrente da alegria! Para a corrente do sol! Para a corrente da grande força! Dai-me a imensa força desta corrente dourada. Trazei-me os assessores e os príncipes guerreiros! É chegada a hora!

ABRIL JÁ FOI ENTRANDO

Abril já foi entrando em sua segunda casa e ai de nós que vimos o mar, a areia e o sal sobre a Terra! Quantas palavras sufocadas na garganta que quer gritar o grito impossível, possível mas tão pequeno como um sussurro na noite. Assim como são pequenas as estrelas, também é nosso grito, qual grilo pequeno no coaxar da noite cheia de estrelas!

Não, não quero mesmo a palavra bordada que não fale da rua onde passam as pessoas, que não fale de uma lua ao cair da tarde, que não fale das palavras comuns, não fale dos homens da cidade, que entendem a palavra pão, café, mulher, dor, amor. Parem de esgrimas ao vento.

O que é mais nobre, aguardar a chegada de Godot, ou sair na estrada e buscá-lo? Chama que chama. De tanto chamar ficará chamado e encontrado. Chega. Logo, em alguma esquina encontrarei Godot.

Dançarinas de ventre, habitai meu sono.

O QUE ACONTECE COM NOSSO DESTINO?

O que acontece com nosso destino? Buscamos coisas e recebemos outras, não buscadas? E as coisas procuradas, por que não vieram naturalmente com o vento dizendo: Menino, estou com você e com suas altas aspirações, seus altos voos e seus acalantos em dia de frio e chuva. Por quê?

Vamos ver o que nos reserva o destino. O que nos reserva a roda viva. Salve, senhor dos pássaros, cuidai de mim, que sou menino e humano, que sou frágil diante dos cavalos de ferro e aço! Mas usarei esses cavalos de ferro e aço pelas planícies devastadas, em busca dos búfalos desaparecidos. E ultrapassarei as estrelas, nesta batalha em busca do tudo e em busca do nada.

PARA NÃO DIZER QUE NÃO FALEI DE FLORES

Falei das grandes guerras, das lutas por justiça. Brandi minha espada contra os grandes Césares. Esparramei virtudes e cometi alguns crimes, como comer a maçã vermelha que brilhava no escuro, pensando que fosse minha. E ri da grande Besta.

Mas, para não dizer que não falei de flores, também falei do cisne no lago azul anil. A tarde estava tão tarde na boca da noite. Mas o vento soprava suave ao pôr do sol, quando a Terra confirmava mais um giro sobre si e em direção ao centro do sol inatingível. É certo que o sol é nossa estrela amiga, pois nos aprisiona em suas esferas de fogo e o sol da manhã é doce sobre a relva.

O RETRATO DE DORIAN GRAY

Já ressuscitei das cinzas inúmeras vezes. Igual a Fênix, imortal. Um dia sonhei o retrato de Dorian Gray. Mas não sabia que quem envelhece sou eu. Não o retrato. O retrato ficou na infância, na adolescência, na mocidade, onde parecia que a eternidade seria eterna. O resto é silencio e o supremo horror de Dorian Gray. A essência presa na estrutura do tempo, na estrutura das estradas, que levam ao nada, no máximo a um miserável pôr do sol. Ah, Elizabeth Browning.

SENHOR DOS PÁSSAROS

Senhor dos pássaros! Fazei o melhor para nosso destino. Seja feita a vossa vontade, não a nossa. Somente vós sabeis o destino e o destino deve ser como o rio que corre, natural em seu leito. Não temos forças para remarmos contra vossos rios que correm pelo universo, mesmo que contra eles possamos rebelar-nos. Seja feita a vossa vontade, não a nossa. Pelo menos hoje me rendo. Bandeira branca.

TITICA NA VIA LÁCTEA

O barulho contínuo do computador e o som dos grilos da noite apavoram a noite de grilos que grilam, som de barulho de computador na noite, meu amor, que não sei se amor que amo ou amor do qual sou cativo, ovo de casca branca, novo é o dia que logo renascerá e perceberemos que a manhã somente nasce novamente para dizer que somos uma titica na Via Láctea.

O barco deixa o cais. Sangra a maçã sangrenta. A liberdade do mar é cheia de ondas na praia inacessível.

O LABIRINTO E O MINOTAURO

Não choreis o tempo. Fostes um guerreiro perdido em tantas lutas. Em lutas desiguais e nunca vislumbradas. Por que caminhar para as lutas se nem sabemos às vezes os caminhos labirintos como o de Midas? Terrível é o encontro com o Minotauro, mas diz a lenda que foi morto por um guerreiro corajoso. Façamos assim. Vamos matar o Minotauro. Mataremos, sim. Depois saberemos os caminhos certos do labirinto.

Ó MAR DOS NAVEGANTES

A estrada é comprida e grande é o mar. Ulisses volta para a praia. A praia de ninguém, mas praia banhada pelo sol que amamos. Como é bom estar contigo, ó mar dos navegantes! Estou diante do mistério. Sempre estive diante do mistério. Por mais sol que o dia raiasse, estive diante do mistério. O mistério sempre foi suave, quando o dia ainda era criança. Mas existe uma época em que o mistério penetra mais o mistério e a eternidade parece dia. E o mistério tem mais do que a idade das nebulosas.

O CATADOR DE PALAVRAS NA MADRUGADA

Madrugada. A amada mãe dorme. Eu procuro palavras, na madrugada. Um catador de palavras. Eu só quero o equilíbrio das coisas. A justiça é bela, porque traz como símbolo a balança e o equilíbrio de seus pesos. Somente com a balança equilibrada o peso, o fardo, será leve.

Hoje é dia de vinho! Bebei, pois o sol está a pino dizendo que o dia é festa para se brincar.

MINHA VIDA FOI SEMPRE UM BARCO

A noite é uma caixa de ressonâncias. O abrir de uma porta, seu estalido. O barulho do ventilador no teto. E um som parecido de grilos, na noite silente. O abrir de uma janela assusta, quando a noite é alta.

Mas minha vida foi sempre um barco levado pelos ventos, todos os ventos. Enquanto o barco navega com os ventos, meu amor dorme, o menininho dorme, a menina não sei, o outro saiu na noite.

O MENININHO DORME

O menininho dorme, maneirinho em seu barquinho, bercinho de eternidade.
No quartinho o menininho dorme e vem crescendo com o vento. O tempo vai passando inexorável e não somos objetivos o bastante para amar a luz do sol e das estrelas. Queremos mais além da rua cheia de árvores e pássaros. Queremos voar além do horizonte cheio de montes verdes. Mas à nossa frente apenas o mar. O mar de estrelas que não compreendemos, mas sonhamos este mar, de praias inacessíveis e brancas como o ar.

O INCOMENSURÁVEL AZUL

Carlos Alberto Paladini

— Júlia, olhe como a tarde está bonita, esplêndida, olhe a luminosidade, o céu límpido, com este azul, ó Júlia, olhe este azul.

— Antonio, eu fiz uma pergunta e você vem com este papo de azul, de tarde iluminada. Ora, isto acontece todos os dias... Então, sobre a pintura da casa, fiz esta pergunta e você nem aí. Para você está tudo azul, azul, mas nossa casa está se deteriorando e você não toma nenhuma providência. Você sabe que a casa precisa de uma pintura nova.

Antonio e Júlia caminhavam pela mesma estrada. Dos dois lados da estrada existiam árvores verdes, de brilhantes folhas verdes que dançavam ao vento da tarde.

— Júlia, vamos sim providenciar a pintura da casa... Mas agora, olhe este azul, esta tarde iluminada e límpida como água de fonte. O azul, Júlia, o azul.

— Então, vamos pensar nas cores que vamos usar na casa.

Antonio, quase automaticamente, responde:

— Pintaremos a casa de azul, Júlia.

— Antonio, não aguento mais este azul. Pintaremos a casa de outras cores, menos azul.

Para Antonio, pintar a casa de azul ou de outra cor era indiferente. O que importava naquele momento era o azul autêntico do céu que contrastava com a luminosidade da tarde, naquela estrada onde havia árvores que ladeavam a estrada, pássaros que ainda piavam e lançavam gorjeios estridentes, sinfonia pura na tarde.

— Ah, Júlia, amor, depois discutiremos sobre a pintura da casa, as cores. Agora, vamos viver este momento de azul límpido, nesta tarde, antes que a noite desça e cubra de negro todo azul. Olhe, logo virá a primeira estrela.

— Antonio, eu já não estou aguentando mais este seu azul... Está ficando difícil caminhar nesta mesma estrada. Nesta estrada eu só vejo pedras, desertos ao redor...

— Não, Júlia querida, a estrada é suave e ao redor não tem desertos, apenas árvores e pássaros que cantam. Sem dizer do riacho que corre perto das árvores, de água fresca.

Júlia caminhava ao lado de Antonio, quieta e contrariada. As árvores que ladeavam a estrada, agora, tremiam levemente ao sabor do doce vento que soprava. De repente, um pássaro dourado saiu de alguma árvore e pousou no ombro de Antonio.

— Júlia, Júlia! Fique contente, amor. Isto é um sinal. Olhe o pássaro dourado que pousou em meu ombro direito. É um sinal, Júlia!

— Antonio! Além de tarde azul obsessiva, de luminosidade esplêndida, agora você vem falar de pássaro dourado em seu ombro. Você está é ficando louco... Não vejo nenhum pássaro dourado em seu ombro, nem pássaro de outra cor...

— Olhe, Júlia, ele está cantando...

Realmente o pássaro dourado emitiu um canto que iluminou mais a tarde de luz esplêndida, mas

Júlia não ouvia o esplendor deste canto. No máximo ouvia o barulho do vento que balançava suavemente as árvores da estrada. Júlia sentia-se arrasada, seus pés pisavam em pedras. Ela, Júlia, era terra. Cheirava à terra e exalava perfume sensual de terra, de que Antonio tanto gostava. Antonio era do ar, e respirava azul e luminosidade. Antonio pegou a mão de Júlia. De início tentou recusar, mas logo cedeu. Estavam de mãos dadas, agora. Antonio sentiu o cheiro forte de terra, seca, terra molhada, terra cheia de relva, que exalava de Júlia. Um cheiro sensual, irresistível. Antonio disse:

— Júlia, abrace-me, amor.

Antonio apertou Júlia nos braços. A tarde estava quase morrendo, mas ainda havia raios de sol iluminando a estrada. As árvores continuavam balançando as folhagens ao sabor do doce vento. E ainda restava no céu um pouco de azul que fascinava Antonio.

— Júlia, abrace-me, amor.

Júlia foi cedendo ao abraço forte de Antonio, exalando irresistível cheiro de terra. Os braços de Antonio apertam o corpo de Júlia, cada vez mais forte.

E Júlia morre, sufocada de azul.

O SOLDADO E A ROSA DO TEMPO

Cantar para você, meu canto seco. Enquanto você dorme, eu me preparo para uma guerra. Sei que nem sempre meu canto é bonito, mas preciso cantar. Porque é noite em plena cidade; desgraçadamente é sempre noite. Não é pesada a minha armadura de soldado, nem o fuzil, nem minha imobilidade. Pesado é eu ficar aqui, esperando que o tempo passe, que a vida passe, enquanto minha guerra é diferente. Minha carcaça é leve, mas estou pesado como uma fera. E penso: — Estou sozinho como uma ilha no espaço, mas não preciso de ninguém. Nisso eu sou orgulhoso.

Na frente do Tiro de Guerra, numa cidade fantástica, o camarada vai e volta, maquinalmente.

— É bom ficar aí? Perguntam as duas moças que passam; são dois risinhos de ironia e ternura. À luz das lâmpadas, não parecem feias, mas bem razoáveis. Vão embora, mas voltam outra vez, agora silenciosas. Uma delas lança uma coisa no cimento, que caiu numa sombra. Talvez fosse uma bomba, pensamos. Mas era uma rosa pequena, ridícula. Então eu e meu camarada repartimos a rosa; coloquei uma pétala no peito, sob a armadura de soldado.

Penso em você, meu amor, que não é uma rosa, mas não é ridícula, nem quando mente para fazer os outros felizes.

Continua a noite e olhamos o relógio da torre. Fico aqui à espera, mas nada de extraordinário acontece: não é a chegada de nenhum rei, não matam nenhum presidente e não há ninguém para pôr fogo na cidade. E ninguém para me cuspir no rosto. Todos estão calmos esta noite, completamente razoáveis. Tenho sede e uma raiva enorme de depender de líquidos, pois tenho sempre a sede das feras.

É noite e estou servindo à pátria. É noite e

penso em fazer um poema para a América, mãe gentil, tão explorada, e penso:

América, minha pequena namorada
de ventre violentado,
minha amante milenar
que caiu nos braços de todos
que amaram sua riqueza,
sem nada pedir em troca;

E penso, ainda, com a pétala da rosa em meu peito:

Eu vejo você em cada operário que volta,
eu vejo você em seu sorriso triste
eu vejo você em seu colo brincado
de meninos trágicos, América, meu amor.

Tenho lágrimas nos olhos, minha carcaça é leve, mas estou pesado como uma fera. Penso em você, meu amor, e você não é América, e nem sempre pode ser gentil.

Miseravelmente somos pequenos ante os acontecimentos do mundo. É noite, o fuzil me cansa – mas nem isso tem tanta importância, pois num outro lugar é dia para homens diferentes, mas donos do mesmo abismo, do mesmo riso, do mesmo amor, e da mesma sede insaciável que sinto (esta sede horrível).

Neste momento, os sargentos, a poucos metros, estão certamente ilhados nos braços de suas mulheres, em lençóis brancos. Penso que neste momento os homens, defensores fiéis da pátria e da democracia, se tornam crianças. Já não são tradicionais e austeros, mas bem razoáveis. Neste momento, também, milhares de palavras são escritas, e nem todas serão lidas. Estamos no mundo das palavras e homens viajam fantasticamente. Aviões imperialistas jogam bombas sobre populações indefesas, sobre criancinhas. Mas não tem importância, o mundo é bem razoável e nem todos estão em guerra. Existe um pouco de fome em cada país, garanto, mas em compensação todos são calmos, incapazes de fazer mal a um mosquito. Em algum lugar, certamente, alguém comete um crime que não será publicado. Pois todos cometem seu crime. E penso que o meu maior crime é esperar. Mas isto também não tem importância, pois amanhã ele virá raptar as criancinhas.

Penso em você, meu amor. E você é pequena ante os acontecimentos do mundo, quase sem nenhuma importância, mas gosto de você, principalmente de seus cabelos que beijei numa tarde. Eles sempre me torturam.

Minha armadura de soldado é leve, apenas um pouco incômoda, mas estou pesado como uma fera.

Dois camaradas vêm sonâmbulos, ainda, para

nos substituir, arrumando os cintos. Já não tenho o fuzil nas mãos, mas tenho comigo a sede enorme. Estamos alojados para o repouso, mas antes é preciso comer e beber. Meus companheiros falam besteiras o tempo todo, mas são mais felizes, pois não sabem ainda da última notícia. Mas nisto sou mais forte que eles, pois carrego todo o peso da fera, e não peço ajuda a ninguém. Todos nós somos cocacolizados e aliados na mesma sede, com a avidez das feras. Deito meu corpo no leito de soldado, com a pétala em meu peito. Não salvarei o mundo e nem o mundo me amará o suficiente. Estou horizontalmente acomodado, apenas com uma enorme sede, ilhado no espaço, mas não preciso de ninguém. Meu sono me bastará.

> *Nascemos para o amor*
> *na arquitetura da lágrima e do sonho,*
> *estamos perdidos no espaço*
> *entre a essência do vegetal e o ferver dos metais.*

Lá fora a torre da igreja é alta, mas não o bastante para encobrir as nuvens. Percebo que nada é tão alto ou tão profundo quanto nos parece. Até o amor, que nos pareceu tão grande hoje, amanhã ficará simples com a força do tempo. Por isso não amo a fragilidade da rosa. Mas, mesmo assim, hoje, cada um guarda consigo uma pétala no peito.

NAQUELE TEMPO, NESTE TEMPO

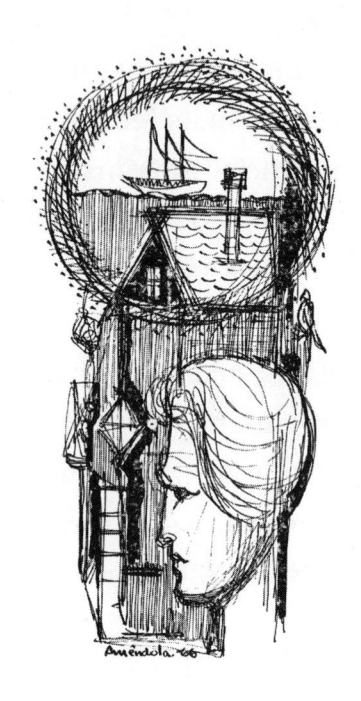

O sol morria no quintal, atrás das bananeiras. Nasci já em terras estrangeiras. A casa perto do pomar. Meu pai. Minha mãe. Minhas irmãs. E que estranha ternura, que estranha força impelia a amar-nos tanto? Eu brincava sempre sob o mesmo sol estrangeiro. Pelas sombras preguiçosas das mangueiras. Tudo era tão perto e tão longe. Nunca era dia e nunca era noite. Tantas flores, naquele deserto. E vinha a voz que docemente aprendeu a chamar: – Me-ni-no! Me-ni-no!

Era a voz de minha mãe. E esse tão longe e tão perto marulhar de um mar profundo. Tempo, nunca escondais de mim essas vozes, esses ventos. Não é tarde nem noite. Estou só e meus olhos sondam meus dias perdidos. E, no alto, é esse constante ruflar de asas de ouro no céu transfigurado.

Sobre a cerca da horta, flores nasciam e morriam, sem remorsos.

Naquele tempo, naquele dia, eu era pequeno. Minha mãe me olhava com incrível ternura, e disse: – Menino, cuidado com o café que suja a roupa e a roupa é nova. Hoje é domingo. Mais cuidado, menino, não rias assim; ah, este teu sorriso, meu filho, meu amor.

Era tempo de festa na pracinha da capela. Aquele dia, admirava-me todo de meu traje branco. E era muito feliz.

No fundo do arrozal, o rio corria como uma fonte.

Meu pai lidava com a terra. – Menino, vai chamar teu pai, o almoço está pronto. – E eu corria, livre e descalço, corria pelo pomar e, lá embaixo, estava meu pai. Eu chegava perto, via o suor do rosto. Ele apenas me olhava e pegava-me pela mão, não dizia nada. Passávamos pelo pomar onde, muitas vezes, minha mãe, de longe me chamava. E o que eu era? Era pequeno.

No fundo do quintal se ouviam os gritos dos porcos, no chiqueiro. As galinhas ciscavam o chão, desesperadas.

Eram os dias de chuva. Aquilo não era chuva, era tempestade. Janelas fechadas, portas fechadas. Minhas irmãs protegiam-me com um cobertor. Passava um vento frio pela janela rústica. Barulho de águas na aspereza de calhas. Pingos na bacia e em tudo mais lá fora. Ali, na sombra, dava-nos um grande medo. Uma sensação de abandono. Entretanto, o barulho da chuva nos acalentava. Ficávamos quietos, assustados, com os olhos enormes no escuro.

– Cadê o lampião, menino? – Não tem lampião.

Lá fora, um vento forte nas flores. A mangueira foi toda sacudida. Mangas no chão molhado eram o presente. E corríamos na enxurrada.

O céu era uma fatia de nuvens.

Sentado no banco de madeira, ele olhava em meus olhos, como um bicho.

Tua raiva, meu pai. Talvez pelos traços profundos que marcavam teu rosto. E não gostavas quando eu nadava no rio, com os outros meninos. Dizias ser perigoso. Mas o que seria de nós se não houvesse o rio? Tua raiva, e quantas vezes fazias-me adormecer. Mas não dizias nada. E eu me sentia tão perto de ti, sem saber que estavas tão longe.

No fogão a lenha, estalava a madeira seca. Quase todos os dias, à tarde, o caldeirão de sopa fervia. A verdura, era temperada numa pequena bacia.

Eu ficava olhando o sol que morria no quintal, atrás das bananeiras. Assim foi: cresci, trabalhei, aprendi, amei, sofri. Xinguei a vida (quando tinha vontade de morrer). Compreendi muitas coisas, outras não compreendi. Aprendi que a sensação não tem forma. Aprendi que o amor é um bicho (fantasticamente) furioso (ou terno), mas que não consola ninguém. Aprendi que sempre estarei sozinho. Mesmo quando danço, mesmo quando sorrio e mesmo nos lugares mais povoados. Pois ele não consentirá a nossa integração absoluta na paisagem. E a noite é sempre a minha confidente.

O riso que não veio (e, se veio, era amargo), a compreensão que não veio e o filho que não vai ser médico. E, na aspereza do quarto, a voz veio de longe, chamando. O filho não está e a solidão angustia o corpo, enfermo. Quando cheguei, pegaste em minhas mãos: — Senta aqui perto, não vá embora, tenho medo de morrer e você ficar sozinho.

Logo adormeceste. Saí devagar do quarto, porque o mundo, estupidamente, me chamava. Eu correndo pela cidade, acompanhando-me aqueles olhos de minha mãe, que algum dia se vestiram de espera. Porque, de resto, ficam-nos o pó e a esperança. Às vezes, nem a esperança. Diante do inevitável, percebemos o quanto é grande a nossa nudez, e nos sentimos mais nus que o Saara.

É Natal. Estamos ao redor da mesa, que amanhã estará vazia. Cantemos, bebamos do vinho barato! Hoje é festa! Hoje é festa! Fiquemos alegres, pois nos amamos e nem sempre estaremos juntos. É Natal (faz muito tempo) numa noite qualquer. Na cidade, uma euforia lírica do Natal. Mas nenhum sino tocou fino. Nascia o Deus-Menino e a casa não tinha nenhum presépio. Tinha apenas uma festa (e que festa!). Meu pai e minha mãe tinham perdido o cansaço da velhice. Minhas irmãs, meus cunhados e todos que habitavam aquela noite queriam viver e beber a vida, num só gole. Entretanto, tão lúcidos – contavam a história do Deus-Menino e outras mais. Felizes, e nenhum sabia que estavam atrasados. Que era preciso sair daquela terra estrangeira. Mas logo viria a aurora. Todos se orgulhavam de seus trajes de crianças. E riam (era um rumor que saltava de cada coração), e choravam de alegria, ficavam assim, um olhando a cara do outro. Mas eu mudei muito. Naquela noite, naquele tempo, eu também não queria nada além do céu e da terra.

Chegará um dia em que eu direi: – Meu Deus, ganha-se em um momento o que se perdeu em anos. – Agora, não é tarde nem noite. Procurando-me ao redor, em torno das coisas que mais me foram belas, perdi-me tanto de mim. Fiz minha casa no alto da montanha. E saudade eu tive muita, saudade das coisas esquecidas. (Ó minha angústia, minha solidão! Grito desesperado). Mares esquecidos, vós mereceis meus flagelos e minhas vítimas. Eu – que sempre vos busquei. Eu – o pequeno na terra dos homens, quis outros alimentos para minha fome, minha sede. E quanto me pesaram meu sono, minha revolta. E o que eu fiz de ti, minha vida? Bela e triste senhora. Já fui jardineiro em jardins impossíveis. Olhei para os homens: eles lutam para a arquitetura de um mundo que não teremos. Uns lutam com palavras; o covarde, com o medo; o corajoso, com a espada. Quase todos passam satisfeitos. E muitos não sabem ainda que nem toda nuvem branca é liberdade. Mas foi porque sumiram todos. De repente, fiquei só na noite. POR QUÊ? POR QUÊ? POR QUÊ? E as vozes se calaram, o riso se apagou. Na inutilidade de muitas coisas, meus olhos vidrados choraram.

O tempo é o meu verdugo.

Ele rói a todos. Mas o vigia sempre fiel – quantas noites de espera e vigília. E falo a ele: – Também fiquei de vigília por terras estrangeiras. Agora é o tempo de voltar. Quando chegará o sol, a que horas estamos? – Ele, apenas olhando as coisas da noite, responde: – Não se deu hora alguma. Teus lábios te denunciaram pelo dia e pela noite.

Voltar! Regressar destas terras, se tudo é estrangeiro. Estou cansado, meu pai. Mais nu e despojado que Jó. E que areias os meus pés pisam. E que presságios eu sinto. E já é uma aceitação de tudo. O que eu sou hoje é ser o mesmo de ontem. Meus passos precisam continuar, não importa a face torturada. Pois os anjos, principalmente os anjos, são responsáveis. Liga o rádio, meu pai. Deixa que a música, ora rica, ora pobre, venha até nós. Existem tantas canções lá fora, crianças batendo em latas. E temos apenas dois olhos. Mas não tem importância. Agora não tem mais importância.

O GUARDADOR DE ABISMOS

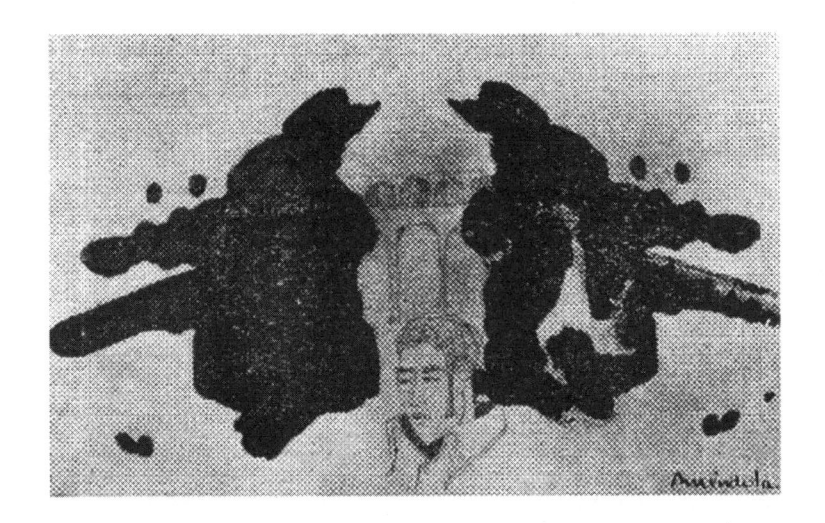

Me chamo Antonio, tenho 21 anos, um jornal nas mãos. Estou entre as estrelas e a última notícia. São 183.960 horas de viagem aproximadamente. Mas é mentira: garanto que venho de mais longe. Hoje, de repente, me descubro pelas ruas, vestido de branco e encantador de serpentes. Deve ser, pois, noite e também outono: há muito tempo deixei o Egito. É mentira, não era o Egito, mas garanto que aquilo era um deserto, tão árido, tão quente e tão frio como as ruas de minha cidade. Mas a moça da loja de discos nunca compreenderia.

Há 183.960 horas, aproximadamente, eu nasci aqui, nesta cidade positivamente fantástica. É uma cidade progressista, sem dúvida alguma. Todos os seus habitantes são razoáveis, embora tenham os pés muito colados ao chão e a mania de criarem hábitos.

Hoje, fui até a loja de discos ouvir música, mesmo sabendo que há tantas cores e símbolos pelas ruas. A verdade é que eu vivi 21 anos para me encontrar.

Olho a rua comprida, pois cresci e a cidade também. Hoje, olhei-me no espelho do quarto e me achei velho. Em verdade, as coisas já nascem velhas. Nossos olhos estão molhados, mas já é bem pouco ter dois olhos. Os prédios estão em construção, os fordes atravessam as esquinas, os homens passam atrás das mulheres e de dinheiro e ninguém para me apertar as mãos. Todos têm pressa para chegar a algum lugar, mas ninguém chega a parte alguma. Na cidade, não existe desordem, apenas alguns casos de polícia, o que é muito natural.

Estou nesta esquina, vestido de branco (hoje me dei por isto) e encantador de serpentes. Mas a moça da loja de discos nunca compreenderia, o que me é indiferente. Hoje lhe comprei uma rosa de penas que um nortista passou vendendo. Ela disse: – Que linda! Vou pôr perto de meu violão ou em cima de meu piano – Cretina! Tive vontade de esganá-la, enforcá-

-la com o arame e raptá-la em um forde. Mas, para mim, é indiferente. Positivamente, é muito importante ter um violão e um piano.

Lá fora passavam os carros. Então, ela disse que sou bom. Eu sorri: ela era mesmo cretina. Em verdade, eu sou um sujeito bom, incapaz de liquidar um inseto, apesar de ter possibilidade de pôr fogo na cidade ou de armar a terceira guerra mundial.

Às vezes fico comovido até às lágrimas com a morte de um cão. Mas o que me enternece muito é o vento, coisa que pode parecer imbecil aos olhos dos outros. Antes que me entregue ao abismo total, preciso acertar uma dívida com o vento. Às vezes tenho raiva, mas logo volto a ser simples e razoável como os demais.

— Que horas tem, faz favor? — pergunto a um senhor algo apressado, porque gosto de interromper o itinerário dos outros. Ele me diz rapidamente a hora, enquanto olho a rua comprida, cheia de cores, de fome e de sede. Na verdade, não quero saber de horas, pois sei que é noite e isto basta. A noite me fascina, guardo comigo todos os seus abismos. Agora vou permanecer no meio da rua, parar as máquinas e pedir humildemente para que todos se conheçam: fico no meio da rua, imóvel, até que um carro me surpreende:

— Sai da rua, fresco!

Eu devia ter coragem, mas saltei fora. Perco, assim, a oportunidade de ser livre. De repente, acho que sou mesmo um fresco. Fresco, não: talvez triste; mas nem triste, apenas sozinho entre a multidão e o forde galaxie.

É demais andar por estas ruas tão andadas. Mas é noite e isto basta. Mentira, em verdade, ser noite não basta a ninguém, tampouco para a minha bola de angústia e meu desvario metafísico. Em mim só não é metafísica minha fome e frio. Ninguém deveria ser metafísico, mas somos, o que é ruim. De resto, guardo abismos de meus 21 anos, de minhas mãos nervosas pelas ruas de minha cidade — realmente fantástica. Nos dedos e unhas não há resquícios de sujeira: minhas mãos guardam segredos, mas não as apartarei de mim. De vez ou outra, tornam-se estranhas, individualizadas: tomam decisões fantásticas, agressivas. Certo é que nunca as poria a serviço dos edifícios em construção, elas só servem para escrever e nem sempre são felizes neste duro ofício.

Sinto frio e ainda é outono! Deve ser o vento. Nele existe uma certa crueldade e fascínio. Alguma coisa vem com ele, flameja e dança como um presságio. Nós não pereceremos de câncer. O câncer é o próprio tempo. Mas ainda é outono.

— Não me crucifiquem por estas ruas, porque elas são demasiado frias, eu disse a ela.

— Por que são frias? — me perguntou.

— Porque são frias, simplesmente.

— Não é não!

— É claro que sim — eu afirmava.

— Não é não, tem outro significado.

Ela sempre achava que as coisas têm outro significado. Mas é tudo mentira e nos iludimos que nosso frio e nossos olhos molhados são verdade. Mas ela queria casar, o que me tornou indiferente. Eu me despedi, nem triste, nem alegre. Ou melhor, minto: um pouco mais triste por causa do vento. Então meu amor ficou nas bancas de revistas, enquanto eu levantava as saias das mulheres.

Estou livre, com um jornal nas mãos, embora com um gosto amargo na boca — sem nenhum compromisso. Dou três voltas pela praça e não há ninguém para me barrar a passagem.

— Ei, Taninha!

Eu quase topo com a Tânia. Ela também há muito tempo abandonou o Egito, pelo menos lá onde tristes mulheres ainda esperam por nós. Tem o nariz árabe igual ao meu, mas bonito — eu gosto. Minhas mãos tocam as dela, quase num encontro de origens.

— Ei, Antonio! — ela exclama e depois acrescenta: ...eu estava com muita saudade de você.

— Não seja cretina, Taninha.

Digo isto com vontade de lhe dar uns tapas e abraçá-la desesperadamente.

— É verdade! — diz.

Ela afirma que é sempre verdade. Depois, ela pergunta se eu tenho escrito muito. Eu lhe respondo, ainda com muita vontade de lhe dar uns tapas e abraçá-la desesperadamente:

— Há muito tempo deixamos o Egito...

Ela entende os meus símbolos, porque é bem razoável. Então eu digo para ela que ele virá.

— Quem?

— O TEMPO, respondo. — ...será o tempo das areias e o canto da ferrugem — acrescento.

— Que jornal é esse? (o jornal que tenho nas mãos).

— A Folha. Traz a última notícia, mas não tem importância. Então eu explico a ela que me chamaram para uma guerra a que não fui porque tenho muito sono. Passei aproximadamente 61.320 horas dormindo. Mais de um terço de minha vida, pois também dormia entre a televisão, o espelho e a cama. Quero explicar a ela também por que me perdi em abismos, mas não tem importância. Como sou apenas um entre os 250 mil estrangeiros de minha progressista cidade, mesmo se eu morresse agora, atropelado no meio da rua, não teria importância.

A cidade está condenada ao abismo e nós estamos condenados a esta ideia intransponível – incomunicados, não tocaremos as estrelas. Existe um espaço menos de um segundo que nos separa, mas que já é o bastante. Estamos enjaulados dentro de nosso próprio ventre. Se eu fosse criança, hoje sairia correndo, treparia nas árvores, daria piruetas, faria caretas para as pessoas, ou então abraçaria a todos que estão na rua, nos edifícios, desesperadamente, muito desesperadamente.

Muitos buscam riquezas no mais recôndito da infância, mas eu odeio minha infância cheia de festas, cheia de pores de sol, de amanheceres.

Agora estou diante do cinema e guardo abismos: só isto me é diferente. Mas quase acredito que seja mentira. Nesse preciso momento estou me engravidando demais de segredos, de fascinação, de movimento, de gestos. Preciso parar, porque vou dar à luz qualquer coisa, qualquer feto estranho.

Preciso ficar imóvel e fechar meus olhos molhados.

Pressinto que vou vomitar uma bola que está sufocando minha garganta, mas não vomito nada, é angústia. Sinto frio, ainda é outono e sei que é bem noite, agora.

Avisto e reconheço a Ilsa, apesar de estar um pouco gorda, calça comprida, apertada, uma bolsinha na mão.

A Ilsa é uma prostitutazinha. Eu a conheci intimamente, há dois anos, num apartamento. Ela deve ter, pois, 140.160 horas de viagem aproximadamente. Vou topar e dançar com ela em pleno deserto, entre o Saara e o Egito.

— Ei, Ilsa? Vai bem?

— Não te abarca não.

Isso me deprime demais e eu preciso sair do deserto. Então eu quero gritar. Esta legião não salvará o mundo, mas insisto. Ela apressa o passo e entra num restaurante de esquina. Aí hesito. Ela pede um copo de leite e bolachas. Está fazendo frio, um frio terrível, quase psicológico. Então, entro no restaurante e insisto:

— Ei, quero falar com você!

— Você não acha que está enchendo? Não te abarca não.

Isso me deprime demais, preciso sair deste deserto. Então quero gritar, mas a voz sai quase sumida:

— Ora, vá pro inferno, sua vagabunda, porca...

Saio do restaurante deprimido como no dia em

que deixei o Egito. Então a bola de angústia sobe mais, sufocando minha garganta, sufocando as ruas, sufocando a cidade morta, fria, de homens adormecidos.

Meu corpo está cheio de cosmos e agora quero cantar minha miséria humana; cantarei sozinho, porque estou livre – absolutamente livre – sem nenhum compromisso, ou a mínima identificação com os edifícios, a avenida, com as máquinas ou com o amor e o ódio dos homens. Preciso ter coragem. A cidade está vazia, não há ninguém em parte alguma. Todos dormem em sua aparente liberdade, sem ter aonde ir.

Sinto uma vertigem de liberdade absoluta, vou sair correndo pela cidade vazia, morta.

Vou acabar comigo e acertar definitivamente minha dívida com o vento e tocar as estrelas.

É apenas uma questão de coragem.

Mas sou tomado de um desespero soturno, cruel; um pânico doentio. Então, percebo que estou arrasado, porque choro de vergonha, por não ter coragem de me matar.

DUAS MUSAS

LYGIA
Para a escritora Lygia Fagundes Telles

decoración etrusca en terracota. La cabeza de
a segunda mitad del siglo IV antes de Cristo.

ntarismo cultu-   Lens es extraordinari
nciero digno de   bien en acercarse a ella
mozo empeña-   sados en la génesis, des
otra vez la pie-   plendor y ocaso del mi
aunque esta se   guo y más especificame
el tiempo.   viejas civilizaciones
a primera expo-   neas. Lens está a una
ca del Louvre-   Gare du Nord de París

mueve din

istoria del Louvre-   guardista en l
ra sucursal del mu-   paz de altern
ursal pensada en su   asirio con una
esidente de la Repú- una alfombra
s Chirac) e inaugura- tura de Rafae

DEPOIMENTO POÉTICO

Depoimento que presta o menino poeta à menina azul Lygia Fagundes Telles, que, depois de pedir permissão ao senhor dos pássaros, disse: onde anda a menina azul que até hoje borboleteia em minha alma? Um dia a menina se perdeu em suas histórias, contadas dia a dia. O menino sempre tímido e apaixonado. Pela vida, pela aspiração da justiça para os justos e os decaídos, daquele paraíso que até hoje buscamos. Um dia, havia bolhas de sabão ao sol do inocente dia. Hoje, o aumento da gasolina tira toda a poesia do instante. Mas que fazer? Fundaremos e perfuraremos nossos poços de poesia, tiraremos o ouro do mais profundo, embora as searas estejam ameaçadas pela história do mundo.

Sabe, querida amiga, a vida é este constante suar, este sangue que corre em nosso corpo e em nosso espírito. Te amo. Na delicadeza de teu espírito, te amo. Em minha solidão incontestável, te amo. Das bolhas de sabão, é claro, precisamos delas, para que não morramos sufocados pelo lodo da vida, que conhecemos e teremos de conhecer cada vez mais buscando as campinas. O meu medo, querida amiga, é não ser eu, e ser outro, mas não tenho medo, porque sei que o horizonte no alto das montanhas existe e ele também sou eu, que sou o outro. Menina azul, dá-me o céu para suavizar minhas dúvidas, que me amarram igual a um Prometeu.

Prometo: te ofereço o vinho e a minha incerteza, que maravilhosamente se esboça nas mínimas coisas, que são tão bonitas! Prometo: que um dia (por que não?) poderei escrever, sem vergonha, que um dia eu vi a face dele, e meus cabelos ficaram brancos, e só fui salvo porque fui chamado, e para os chamados é dada uma alegria. Mas sabe, querida amiga, estou aí para o que der e vier. Sabendo que estás no tribunal, onde todos são réus e são vítimas da imensa e incessante face dele, e somos testemunhas de todas essas coisas. Querida amiga, dá-me tua mão, nesse momento mágico, mas não somente tua mão, mas tudo, teu espírito iluminado, e toda luz, e toda certeza que dia a dia, passo a passo, gesto a gesto, rabiscando as palavras, engendramos!

IMPORTANTE ESCREVER PARA LYGIA

É muito importante escrever para Lygia. Dizer novamente que pela estrutura da bolha de sabão subi montanhas, passei solidões e espadas. Saudade da Lygia dos vitrais, dos vitrais da França. E o poeta? O poeta está sempre perdido e encontrado nos limites da poesia:

> Estou entre os limites da poesia
> com uma cerca em volta
> e eu dentro dos limites
>
> como um animal iluminado
> da cabeça aos pés,
> que de tão terrível
> não pode dizer seu nome.

LYGYA, ABRIL ENTRA EM SUA SEGUNDA CASA

Lygia, abril entra em sua segunda casa e ai de nós que vimos o mar e vimos a areia o sal e os peixes que abordaram a Terra, há milênios. Ai de nós, que não somos como o vento, mas somos vento e gás, carne e ossos. Nós, os poetas, nos ofuscamos com a luz do sol amarelo que banha o universo e queima nossa pele imortal, assim como são imortais aqueles que elegeram a palavra como escudo e espada. Pequena espada que brandimos a esmo na direção do universo e pensamos que somos deuses somente porque numa tarde vimos as mulheres regando as plantas do jardim e porque um dia dissemos a palavra dele como se descrevêssemos antigos signos de poder e energia. Ah, como seria bom se fôssemos como o vento, que só entende as coisas do vento.

OLHA PARA O SOL, LYGYA

Olhar para o sol, Lygia, é olhar para o deus do fogo, da claridade sobre a Terra. Um dia um menino colocou em seu peito o escudo dourado e saiu pelo mundo andando descalço e pisando as chuvas molhadas sobre as areias e sobre as relvas. E sobre a grama verde, que te quero verde, ó verde baile verde, de folhas ao vento, de hortas verdes, gramados, verdes mares bravios, florestas verdes com fios de rios azuis. E verdes eram os cães da infância, nos quintais ensolarados, banhados de luz.

Na tarde, um avião passa pelo céu, fazendo um ruído rouco, sob o sol esplêndido de maio.

ONDE ESTÁ A MENINA AZUL?

Lygia, onde está a menina azul que um dia conheci soltando bolhas de sabão, nos quintais da infância? A menina que me ensinou a ver o pôr do sol e desejar o baile que é verde, que te quero verde. A menina azul que se lembrou do menino que tinha uma camiseta escrita: "Hoje é dia de Rock" e pisava nas areias livres das praias.

A estrutura da bolha de sabão se faz com solidões e espadas, catando palavras cheias de símbolos pelas ruas do absurdo, o absurdo que nos rodeia e chamamos realidade. E a realidade é feita de retalhos, por isso, a noite faz barulho de chuva em cima dos toldos, nesse momento em que todos dormem. E é doce a chuva incessante na madrugada que rola. E o ventilador no teto não consola, desola. Mas é doce a chuva, ah, como é doce a chuva, menina azul.

Assim, de retalho em retalho, vou tecendo a realidade indizível, que de tão real se torna impalpável. Ah, os pássaros que piarão logo cedo no quintal estão dormindo. Boa noite.

ERAS A DOCE SENHORA DAS PALAVRAS

Eras a doce senhora das palavras e eu o poeta aprendiz. Não sei o que dizer, pois se soubesse diria que sempre te amei como amei o sol que aparece de vez em quando, ou sempre. Sempre te amei porque eras a doce senhora das palavras. Queria te contar, minha amiga, que o pássaro pia incessante no quintal. É claro que sempre te amei, não com fome de carne, mas com fome de alma, com fome de palavras colocadas na página branca, por isso os pássaros piam no quintal e a água da piscina se mistura com a chuva. Doce senhora das palavras.

LYGIA, NÃO ME ESQUECI DE SEU ANIVERSÁRIO

Lygia, não me esqueci de seu aniversário. Não, doce menina azul. Não esqueci, apenas eu, menino entre palmeiras e mar, estava perdido no horizonte de uma praia cheia de crianças com os cabelos ao vento e gritavam que a manhã era manhã e por isso podiam brincar, antes que, no horizonte, a fera. Não, não me esqueci de seu aniversário, apenas não tive o tempo (ah, o tempo!) para lhe contar o dia das maravilhas que um dia eu tentei contar, mas a menina azul estava senhora absoluta das letras e das palavras e já não adiantava o menino poeta cantar para a menina azul que ficou perdida no tempo das mexericas do pomar, do pomar das maravilhas e das rubras maçãs. Não, não me esqueci. Feliz aniversário, amiga Lygia. E sonhe com as orquídeas brancas. E com as borboletas, azuis, amarelas, brancas. Antes que, no horizonte, a fera.

A MANHÃ COMEÇA

A manhã começa a aparecer com alguns pios e gorjeios de pássaros. Os pássaros acima das palmeiras e das árvores copadas. Ao redor o verde diz que queremos o verde, porque ao redor tudo é essencialmente verde, aqui na rua dos Flamboyants, 80. Ah, Lygia, olha os piados e gorjeios dos pássaros que estralam na doce manhã que amanhece. Na doce manhã do agora.

A ESTRUTURA DA BOLHA DE SABÃO

Lygia, minha senhora menina donzela ou
[rainha
que li em um antigo livro de Rabelais
que se lê Rabelé sei lá que eu nem sei se é isso
[mesmo,
porque estou em outros limites do espaço
imenso que tinha dentro da cabeça de Einstein
imensa com seu violino imenso
inventando a última canção de Orfeu ou a
[primeira
porque podemos saber tudo ou nada.

Mas é maravilhoso brincar na manhã verde
com verdes e leitosos canudos de mamão
que só existiam na infância no vasto quintal
as vacas pastavam na brisa da manhã
e eu buscava leite nas tetas coloridas das vacas.

Depois eu me sentava no rabo do fogão a lenha
que ainda estava quente algumas brasas sob a
[cinza

e as brasas brilhavam coloridas de amarelo e
[vermelho
em alguns tons mais fortes, eu corria para o
[pomar
e com um canudinho verde de mamão e com
[uma latinha
de sabão Sol-Levante que minha mãe comprava
[em pedra,
eu via sempre o Sol se levantar no horizonte
e não havia manchas e as bolhas brancas e
[transparentes
como todas as bolhas de sabão
brilhavam na tarde de prata e anjos de prata
vestidos de ouro vinham conversar comigo
debaixo das mangueiras onde eu soltava de
[seus cárceres
as bolhas de sabão que subiam levadas pelo
[vento...

Pela estrutura da bolha de sabão eu subi
[montanhas,
passei por solidões e espadas te procurando
soltando bolhas enormes coloridas de sabão
que mamãe lavava minha roupinha branca à
[beira da bica
e cantava uma canção que ela mesma fez,

depois eu nunca mais me esqueci do rouxinol,
um pequeno passarinho que eu nunca vi,
mas que lia nas páginas de Shakespeare
que fora um rouxinol e não a cotovia que varou
o recôndito de teu ouvido, creia-me amor, foi o
[rouxinol!

MINHA BELA
Para Débora Soares Perucello Ventura

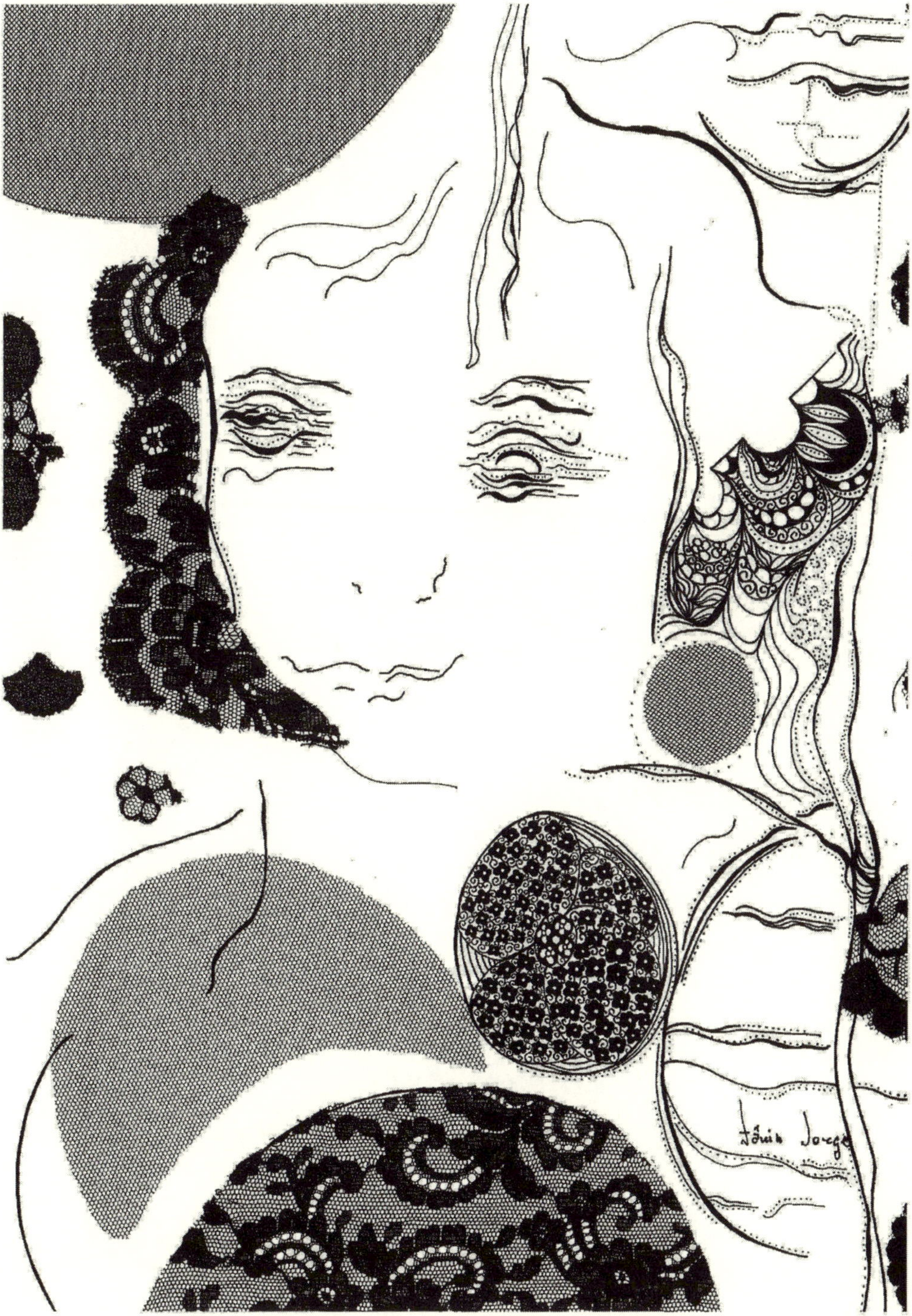

POIS É, MINHA BELA

Pois é, minha bela, dormes e nem sempre estarei permeando teus sonhos que são somente teus. No espaço de cada átomo substancial do universo curvo, onde a curvatura é uma reta que volta sempre às suas origens.

Grandes são teus olhos, que a tudo veem. Na noite vasta, teus olhos dormem, ou apenas cochilam, esperando para acordarem com o mais tênue suspiro? Não importa, teus olhos são enormes, minha bela, e devoram o luar.

Pois é, minha bela. O herói conquistou Troia, não somente pela força, mas pela astúcia. Assim diz a lenda. Ah, Helena! Helena! Uma mulher provoca a primeira guerra do mundo.

Não sei por que estás muda, minha bela. Lá fora a noite descansa sobre os ventos gelados. Eu queria ser menino, para te proteger deste frio. Para saltar sobre a relva perdida, orvalhada na manhã. Para te trazer o sol numa bandeja.

Quase sete horas desta manhã de domingo. O dia amanhece. Os primeiros pardais piam nos telhados. Outros pássaros fazem barulho, no início da manhã cinza e um pouco fria. Casal de bem-te-vis gritam pousados no muro do quintal. Realmente o dia amanhece. Bom dia, minha bela.

AINDA O TEMPO DA INOCÊNCIA

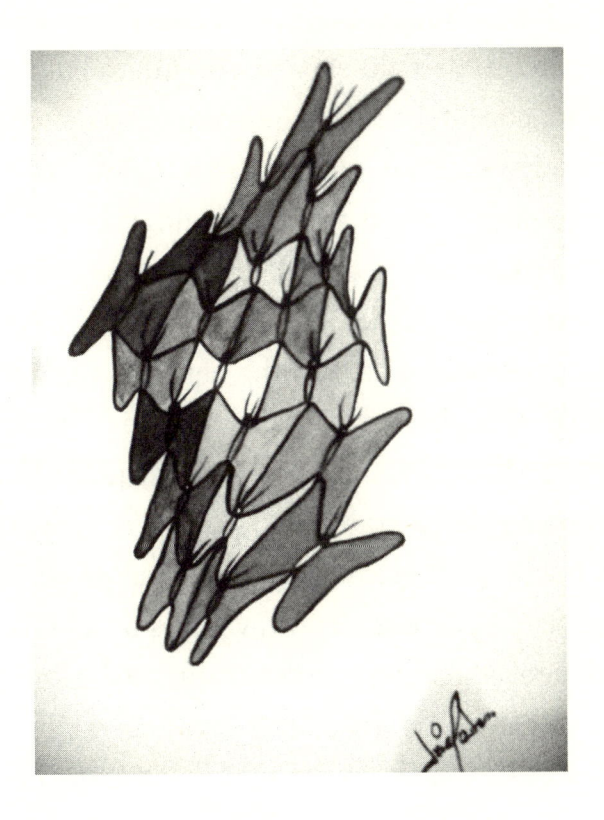

Escrever qualquer coisa, mas escrever. Não importa se a tarde é cinza, mas se preciso for, falar sobre a tarde cinza, de ventilador no teto, de criança tomando banho. Importante é escrever, sem pensar em nada, apenas cantar a mulher que na tarde dá banho na criança. Escrever, não apenas sobre a rosa e sobre o amor, mas também sobre o amor e sobre a rosa e sobre a noite que logo cairá sobre o mundo e sobre as coisas que existem dentro do tempo e do espaço. Ah, quero cantar, minha bela, porque há muito que não canto, apenas tenho ficado no canto, qual anjo torto. Maroto e roto como menino torto, mas roto de alegrias que ainda ressoam na memória das alegrias que se foram e ficaram impregnadas de tempo de quintais, de pomar e de laranjeiras. Pomar, minha bela. Cheio de frutas e insetos. E borboletas, ah, como amei as pequenas borboletas brancas, azuis e amarelas, quando houve o tempo das borboletas.

E havia uma estrada de ferro que passava nos fundos da cidade onde habitavam as borboletas em bando, sobre a folhagem verde que quero verde os campos de meu pai. Pai! Onde estão teus olhos tristes? Teus olhos que um dia viram a chuva? Ah, pai, onde estás? Queria que estivesses perto de mim, menino ainda entre borboletas! Ah, pai, tenho medo do homem do saco, que está sempre nas esquinas para levar os meninos levados! E eu fui arteiro, meu pai, por isso me protege do homem do saco. Este teu menino amou demais e buscou no horizonte as espumas do mar inacessível! Este menino que sempre quis brincar, até com a morte, carregando em seus braços o escudo do sol. O escudo da claridade das manhãs, quando os meninos não têm morte, quando os meninos ainda correm atrás dos pássaros e das borboletas amarelas.

CARTA PARA DÉBORA

Qual a cura para a tristeza, se a alegria foi embora com o inverno que curvou nossos corpos na semeadura dos campos de trigo? Mas não, logo virá a primavera, o sol banhará a terra sedenta de flores e banhará o verde dos campos ainda não devastados e a luz que inunda o mundo inundará as flores verdes dos campos verdes, minha bela. Amor que amo, não somente porque chegará a primavera, mas principalmente porque chegará a primavera e andaremos descalços na enxurrada, logo após as grandes chuvas. Te amo mesmo, muito mais pelo amor do amor somente do que pela primavera que está chegando, no futuro cheio de luz e flores nos jardins invisíveis de nosso ser, no jardim invisível de nosso amor, porque é sabido que te amo, não somente por causa da primavera, mas também porque logo chegará o verão e o mar canta nas praias azuis, onde o sal branco brilha ao sol de verão, ah, minha bela, quando lembro de teu corpo dourado ao sol do meio dia, te amei mais do que o amor que ama o próprio amor e no fim das avenidas te amei, não somente porque chegará a primavera e não porque somente chegará a luz que banha o verão e banha as praias, as ruas, as piscinas e banha a luz sobre os verdes das árvores das gramas e dos arbustos. Tudo, minha bela, somente porque chegará a primavera e te prometo vento em teu cabelo, em teu rosto, vento ventando pelas ruas do mundo e principalmente os ventos que ventam na pequena cidade onde moramos na rua dos Flamboyants, ah, pelo amor do amor te amo, no cair da manhã, no cair da tarde, no cair da noite te amo desesperadamente, igual a criança que te amo já perto da primavera cheia de flores nos jardins e nas paredes dos muros cheios de musgos e cheios de maravilhas, maravilhada és tu, ó amada, criança ao vento, passarinho que canta para mim, tua presença me estremece como o voar do pássaro que voa docemente no azul da primavera, minha bela.

AH, MINHA BELA

Estamos perto da primavera, minha bela. É certo que a primavera em nosso país se dilata em todas as outras estações. Vê, minha bela, pelas estradas os ipês brancos e amarelos estão floridos, já arrebentam flores nas copas das árvores. Lá fora, na noite-madrugada, o vento um tanto frio canta nas folhas e flores das árvores. O mundo, a noite, a madrugada, querem chover. Lá fora, na noite-madrugada, as palmas das palmeiras dançam ao vento frio. E meu amor dorme, inevitavelmente dorme. Ah, minha bela.

CHEGARÁ A PRIMAVERA

Logo chegará a primavera, minha bela. Espera, que o vento da primavera ventará pelas ruas, agitando as folhas das palmeiras e das árvores existentes no mundo, profundo como o mar, que está cansado de tanta água salgada, lá no fundo. Peixes, algas marinhas, cardumes passeiam na água milenar. Aqui perto os ipês começam a florir nos campos do senhor. Quando chegava a primavera, sempre repito, andávamos descalços na enxurrada. Ontem? Quando, minha bela? O vento que passa em meus cabelos não é o vento de outrora?

AINDA NÃO CHEGOU A HORA

Não, minha bela, ainda não chegou a hora. Os frutos demoram e nunca sabemos se serão bons, ou serão fel. Ou mel. Queremos o mel e mais o doce sol da manhã. Verso. Reverso. Do avesso seria o horizonte sem nada. Mas ao longe é um risco, de nuvens e mar. Ah, eu quero morrer no mar. Ah, que saudade de Copacabana. Que hoje já não me engana. Ah, o tempo pode ter passado, mas hoje ainda é dia de Rock! E a China sempre será azul!

SABER É O GRANDE HORROR

Não saber de nada como a chuva, como a noite e as estrelas enormes, minha bela. Ou alguém sabe de alguma coisa? Um dia, sonhei que sabia que o rio corria no fundo do quintal, mas o tempo levou meu rio que hoje é outro e corre sobre leito de cimento, sem capins aos lados, sem peixes pequenos pulando sobre a peneira que passávamos sob a água do pequeno rio. Não saber de nada igual à noite imensa, lá fora. Depois dormir, dormir, talvez sonhar.

Saber é o grande horror, o grande tormento. Por isso ele nos atormenta com o dia e a noite, com os raios do sol, quentes. E as ruas, as avenidas, é duro saber que existem as ruas e as avenidas. Seria tão simples se somente passássemos pelas ruas e pelas avenidas, sem saber de nada, nem que havia no mundo as ruas e as avenidas. Apenas passássemos e continuássemos pelas ruas e avenidas, sem nem mesmo saber de nosso nome. Sermos eternos na breve passagem, minha bela.

AGORA É HORA DE VOAR, MINHA BELA

Agora é hora de voar como o passarinho, que de manhã vem voando sobre os muros, sobre o mundo de meu Deus cuja face até hoje não conheço, face tão maldita como um pôr do sol, como a noite que rola na madrugada, porque não quero dormir, porque, se durmo, minha bela, ouço o relincho de um potro selvagem, arfante, ofegante, raspando os cascos em alguma relva. Não, efetivamente não conhecemos os cavalos, nem seu deus Equus. Nem conhecemos Deus, de quem tanto falamos. Nem acreditamos que Deus seja aquele que suavemente passa sua mão em nossa cabeça, querendo nos consolar de nossa tristeza, de nossa triste tristeza sobre a terra, não é não, porque, se ele vem com o vento e sempre vem, nem por isso ele é um sujeito que dizem à nossa imagem e semelhança, pois se semelhança houver eu diria que ele é o vento e é a água é a terra e é o ar e é as estrelas que olhamos alumbrados, minha bela.

CANTOR DE NOITES E MADRUGADAS

Cantor de noites e madrugadas dos abismos de estrelas da noite incansável ah o sol onde está a praia que um dia busquei no calor da areia meus pés pisaram as praias ensolaradas de palmeiras onde cantam os sabiás e outros pássaros ardentes como o sol amarelo campos de trigo o menino canta e corre e corre e corre pelas enxurradas da longa infância caída atrás onde no quintal o sol morria atrás das bananeiras do quintal depois vinha a lua e também a estrela Dalva minha primeira namorada em minha vida de poeta ah minha bela!

ACABOU O HORÁRIO DE VERÃO

Acabou o horário de verão. Mas o verão ainda não acabou, minha bela. Ele é quente e líquido, a chuva cai mansamente no calor do dia, da tarde e da noite. Busco a praia inacessível, a única verdadeira neste mundo das aparências. A madrugada se inicia e a Terra rola no espaço.

Um dia, minha bela, encontraremos fatalmente a praia. E o sol. E que faremos? Curtiremos o sol quente na praia de ninguém e também dos ventos, dos peixes, dos caranguejos que habitam as locas na areia e o grande cavalo marinho que habita as profundezas. Sei, um dia vimos o mar e ouvimos seu barulho de mar e ondas e sol e palmeiras. Ah!

AMANTE ARDENTE

É certo, minha bela, que ser menino é correr contra o tempo. É estar no tempo das maravilhas. Maravilhada ave. Salve, dia azul, cor de anil. Só ele tem o dom de encaminhar os caminhos. Nós somos apenas instrumentos de sua paz. Caminhamos os caminhos que pensamos conhecer. E o caminho é apenas uma estrada, onde os passos vão deixando marcas, signos de uma mesma face. E caminhamos para o sol, amante ardente.

COQUEIROS DESCABELADOS

Realmente toda madrugada é vasta. Principalmente quando o outro Averróis procura o Livro Primeiro. Pode dormir, minha bela, que o mar é certo e ruge na eternidade das areias de sal e espumas. O mar é aberto e sobre ele não se edificam muros. E o bonito dos mares são as praias, cheias de areia e sol e palmeiras.

O mar lambe a praia, a praia chupa a água do mar. E o vento brinca nos coqueiros descabelados.

BRANCA NUVEM BRANCA

Branca nuvem branca. As cores do branco. Você sabe, minha bela, as cores do branco? O arco-íris é branco, tão branco que se transforma em amarelo, lilás, vermelho, azul, verde, azulado. A estrutura do branco é bonita, a estrutura do branco na manhã nova, no novo sabor do céu e do sol. Tudo bobagem, as asperezas do branco nascem com as manhãs da infância, brancas brincadeiras e o tempo branco. Isto não é vida, a crueldade dele que é poderoso é demais, vê o que ele acaba fazendo com as criancinhas.

CONSTELAÇÕES BRILHAM

Uma hora e quarenta e oito minutos da manhã. Constelações brilham nas escuridões dos espaços. Nenhuma novidade. Não revelam como a vida tem segredos para serem revelados. Escondidos bem no fundo de nossa alma, escondidos. A parreira fica mais aos fundos. Não queremos desdenhá-la, a parreira. Dormir nem sempre é sonhar. Sonhar mais um dia de sol. A piscina. Tomar sol na piscina vai ser muito bom. Boa noite, minha bela.

DON QUIXOTE

Comer só se for a grama verde e os capins verdes dos verdes capins gorduras que nasciam às margens das estradas de terra batida, a carroça, a pequena égua e o cavalo que andavam naquele tempo perdido na estrada cheia de terra, de terra pisada e o verde que cobria tudo nos tempos verdes dos campos cheios de verde. Cadê o poeta que amo, cadê meu torrão de ternura, meu menino forte e destemido, meu herói que ama as donzelas e entre elas a minha bela, a doce Dulcinea deste Don Quixote pelo mundo, sem armadura, sem lança, sem cavalo e sem escudeiro a meu lado?

NÃO ME CANSO DE DIZER QUE TE AMO

Não me canso, minha bela, de gritar ao vento que te amo. Não, não me canso, nem na madrugada o barulho de um carro que soa ao longe me cansa. Nem o barulho insano do computador que nada computa se eu não tocar em suas teclas. Não, não me canso de gritar que te amo ao vento na noite madrugada, que venta lá fora, suavemente e gritar à lua esplêndida que passeia nas esferas siderais dos grandes mares do universo, na grande areia cósmica, que te amo, minha bela.

O MILAGRE, MINHA BELA

Ato ou fato incomum, inexplicável pelas leis naturais. Assim diz o dicionário, a respeito do milagre, minha bela. Mas em verdade vos digo que o milagre está acontecendo agora, nesse momento espantoso e vulgar, tão vulgar que Deus voa sobre a noite sussurrante, a tremer nas palmeiras.

Ainda falarei sobre o milagre do momento, instante. Merece um poema milagroso, igual à água azul da piscina. Ou outra coisa banal. Mas, a partir de agora, espero um milagre, em cada fração do dia. Em cada piscar de olhos.

Estou literalmente com sono, mas mesmo assim procuro o mistério que há nas coisas, minha bela.

E tudo é milagre.

O DIA PASSOU, QUE NEM SABIÁ QUE VOOU

Exatamente uma hora da madrugada, com ruído que nem um monte de zumbidos de insetos nos ouvidos da gente, ah, mas quero te falar meu grande amor do dia que passou passou passou que nem sabiá que voou da gaiola porque fez um buraquinho igual pássaro preto cantando trôpego que nem avião em voo rasante pelas praias igual às gaivotas brancas que rondam as praias dos mares de quase todo o planeta tem gaivotas que se amontoam e voam sonâmbulas que nem elas sabem só porque na verdade as gaivotas nasceram apenas para embelezar as praias ensolaradas onde levamos a amada para brincar na areia branca e fina e quente ah minha bela!

O TEMPO PARECE PARADO

O tempo parece parado no ar, mas passa abanando as mãos para a gente, como alguém que vai indo embora abanando a mão para a gente, como a bela que passa por nós e vai abanando a mão para a gente, em constante farewell. Em constante adeus. Adeus, tempo ingrato, me leve com você, porque o que fica aqui é o outro, aquele que se esqueceu do que era no minuto parado e no teto o ventilador ventila vento, claro, você não iria querer que o ventilador ventilasse água ou sangue, minha bela, que te procuro mas estás dormindo, seminua, meu amor, meu bem querer.

SER OBJETIVO

Ser objetivo, minha bela, é brincar com a nuvem debaixo do sol a pino e os pássaros, ah, ser objetivo como os pássaros, que só sabem que o dia amanhece porque a claridade invade o mundo, a avenida e o arvoredo. Dorme, minha bela, mas não comas chocolate, pequena. Não vejo nenhuma metafísica em comer chocolate.

UM MINUTO SÓ

Um minuto só, minha bela.
Um zumbido faz a noite
como multidões de grilos
zumbindo na vasta noite

indormida.

O ventilador do teto
está imóvel.
O leve barulho do computador ligado
não consola.

Desola.

Degola a noite
indormida.

Nua.

Crua.

Meu amor.

COM CASCA E CAROÇO

Com casca e caroço
não é nem desgosto
gosto da morena
loira de natureza
que é uma beleza
pureza super pura
de carne e osso
cabelos bonitos
como a água do mar
escorrendo salgada
em nossa boca faminta,
minha bela.

NOVOS POEMAS

POEMA DA PRIMEIRA ESTRELA

Para Carlos Nejar

Carlos Alberto Paladini

1.

Por que, pai, me chamaste
quando eu estava no vento
vestido de branco?
No começo da noite, a lua fina aparece no céu azul
e perto desponta a primeira estrela.

A minha primeira namorada, pai,
foi uma estrela.

Eu vim, não porque pedi,
vim porque igual ao rio que corre
eu vim para te saudar, meu pai,
na casa do vento,
na praia da Urca, montanhas de pedra
sobre o mar quieto e sujo
de navios e pequenas embarcações.

2.

A minha primeira namorada, pai,
foi uma estrela.

Conta para todos.

MANGAS AMARELAS

Ao poeta Antonio Carlos Secchin

Ó longo tempo de espera.
Tempo perdido atrás da vida,
da doce vida que queremos.
E tememos a eternidade, de tão eterna.
Uma música vem ao longe na noite, de onde vem?
A noite já é madrugada.

Onde, pai, o mar antigo?
Este mar que beira a praia

não é aquele mar.
Não é. Não.

Não somos o pai de todos, como gostaríamos.
Faltam-nos braços largos
para abraçar os meninos abandonados
ao sol e ao vento.
Tentamos nos enganar, procurando o lugar onde o
[tempo
e o vento fazem suas moradas.

Volto, eu volto para pôr o vento em ordem,
para entrar na praia inacessível.

E o catadorzinho, onde andará?

Nos quintais as mangas amarelas e maduras
esparramavam-se pelo chão.
O menino que gostava das mangas amarelas
as catava no chão,
entre relvas
junto ao chão molhado
depois da chuva.

EU E O TIGRE

Ao poeta Ivan Junqueira.

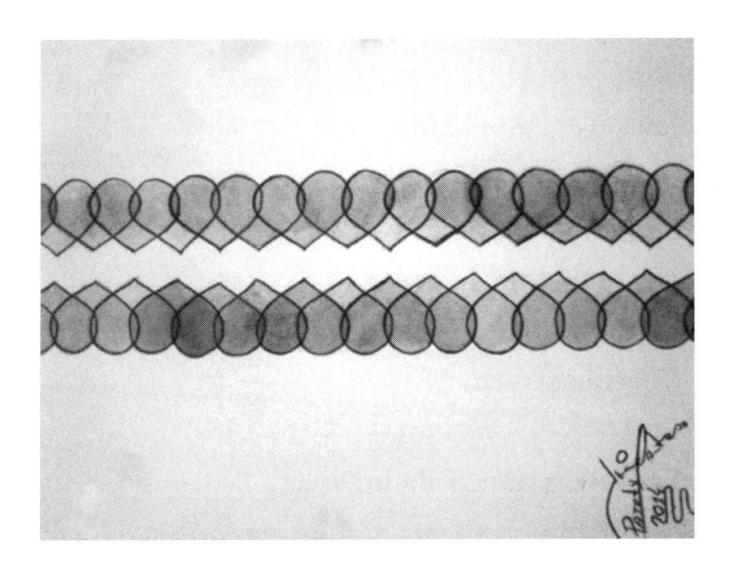

No início era um pequeno tigre rajado
amarelo
igual a tantos outros que andam sobre a Terra.

Em perfeita simbiose de humano e felino
eu e este tigre
nunca nos separamos.

Em nossa infância
brincamos de catar frutas no pomar

apanhar mangas
e chapinhar pés e patas
nas enxurradas
depois da chuva.

Em nossa mocidade
brincávamos de caçar as presas:
ele, com poderosos caninos,
eu, com alma de poeta,
caçava a mulher amada
e certa estrela.

Em nossa maturidade
contestamos a eternidade,
o abismo, a origem,
a precária vida,
o tempo e o vento:
ele com urros
eu com a armadura de palavras.

E assim sempre vivemos
eu e o tigre
juntos

caminhamos sob o sol e sob a lua
e deixamos pegadas
pelos caminhos da Terra.

Este tigre que habita em mim
morrerá comigo
no dia das estrelas.

Nesse dia
resplandeceremos
altos
claros
e transparentes.

NÃO IMPORTA
Ao poeta Ferreira Gullar

Não importa se você vai escrever um grande poema
um poema mais ou menos
um poema ruim.
O que importa é escrever
e nascer como nascem as árvores
cada uma com suas raízes
seus galhos e folhas das mais diversas.

O que importa é rebentar o broto
que quer nascer, subir e ver o sol
e ser cada poema sua própria forma
e raízes e folhas e sol.

CARTA-POEMA PARA JOÃO CABRAL DE MELO NETO

*"Saio de meu poema
como quem lava as mãos."*
João Cabral de Melo Neto (*Psicologia da composição*)

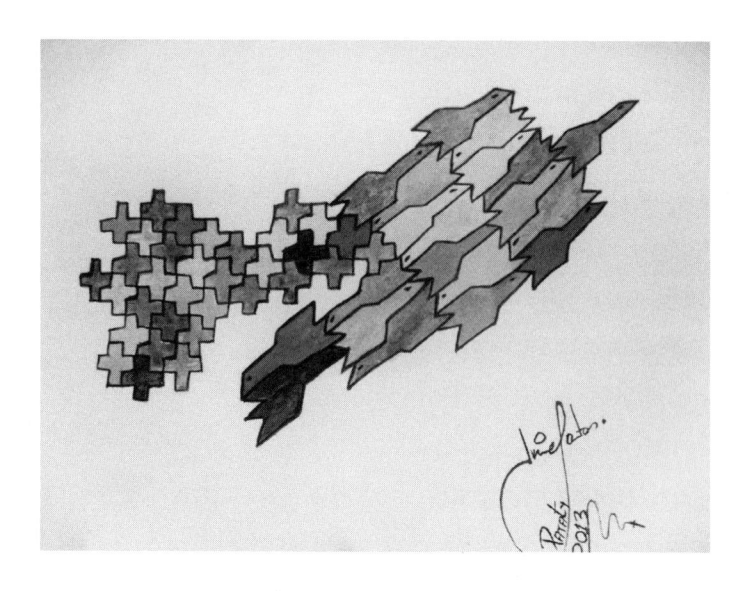

Um dia, João, ainda moço
fui beber da fonte de seus versos
contidos, matemáticos, racionais,
montados pedra sobre pedra
de sua precisa engenharia.

Foi meu primeiro aprendizado
pela pedra. Não obstante, João,
ainda restou comigo a emoção

da poesia esparramada
em sol, em luas, mares exclamativos,
praias cheias de espumas...
de tardes brancas como o ar.

Mas me contenho quando o pássaro
aparece em minha janela
e não sei mais o nome desse pássaro
que é só plumas e voo.
Mas é um pássaro, objeto concreto
da poesia, como também é objeto
da poesia a janela que se abre para o infinito.

Aprendi com você, João,
que um poeta sozinho não tece a manhã.
Por isso chamei os poetas sem nome
nos jornais, anônimos, mas que aos milhares
anunciam nas madrugadas seus gritos
de galos para uma humanidade
cujo nome não sei dizer:
se bomba, ou flor.

Aprendi com você, João,
que o pássaro é tão mineral
como o pássaro que tento
segurar na folha branca.

Assim como é mineral
não somente a flor que brota
nos jardins, nos asfaltos,
mas também é a flor
clara, perfumada, transparente
que permanece na folha branca
onde o poeta escreve.
Tudo é mineral, João,
até a lâmina que corta nossa carne,
a terrível lâmina do tempo
que corta a flor e o pássaro,
seca os rios, o Capibaribe,
transformando toda beleza em fezes.

E por falar em beleza, João,
a beleza é tão mineral
que saio de meu poema
com as mãos ensanguentadas
de poesia. E não lavo
minhas mãos.

Descanse em paz, João,
que a eternidade é toda mineral.
Aqui continuamos vivendo
nossa vida severina.

A PROCURA DE UM POEMA PARA MÁRIO CHAMIE

No dia
primeiro de abril nascia
o poeta Mário
com a promessa do dourado
milho, nessa lavoura arcaica
onde a lavra do livro
dourado é igual
a do dourado milho

na clara manhã de abril
no cheiro de terra
brasileira
vermelha

onde nasceu o poeta Mário
na visão da quinta parede
ao vento
das caravanas contrárias.

A PROCURA DE UM POEMA
A Renato Batista Ventura, meu filho.

1.

Quando o menino nasceu
ele era pequeno e único
com olhos de morenas luas.

Não chore, criança.
Don't cry.

Você ficou moço, meu filho.
Criou barba, não é mais criança.

Quero lhe dar o vento,
mas minha voz perde-se no vento.

Não, meu filho, não lhe contarei a dura vida
que aprendeu a conhecer
pelas ruas do mundo, pelos escritórios, nas
 [demandas,
e na safadeza dos homens.
Aprendeu as coisas de família

e se lançou no mundo, vasto mundo,
como diria o poeta Drummond.

2.

Filho,
o mais importante deixarei para você:
o chão salpicado de estrelas,
a rua sem porteira, nem eira nem beira,
um violão e a minha canção.

Bobagens que a gente escreve,
meu filho, somente pela mania de escrever,
para dizer que você é meu filho bem amado
igual ao primogênito.

Renato, meu filho, escute-me com atenção:
a manhã radiante nem sempre é a manhã do
                                       [pássaro
que canta a canção do eterno.

A manhã também é maçã vermelha
e sangrenta como a vida.

MESMO QUE UM DIA CHEGUE O BARQUEIRO
A Nubia Regina Ventura, minha filha.

Mesmo que um dia chegue o barqueiro
ninguém poderá negar
que brinquei quando era criança
que enfrentei o mar de Ulisses
que lutei bravamente com as palavras
que plantei árvores e tive filhos.

Quando chegar o barqueiro
a casa estará limpa
o jardim florido
os caminhos sinalizados
para a praia e para o sol.

O que faltar faltará.
Faltará sempre o tempo para terminar o
                      [grande livro
onde todas as estórias seriam registradas.
Faltará o tempo
para inventar um novo pôr do sol.

Mas para que se preocupar com o tempo
se reescrevi com aplicada mão
a árvore da eternidade,
e vi a árvore da alegria
desenhada
nas incontáveis estrelas?

CONCHA SERENANDO OSTRA
A Antonio Perucello Ventura, meu filho.

Há três dias
teu pai estava ausente, meu filho,
pérola preciosa.

Cheguei de exaustiva viagem
e estavas dormindo.
Com meus braços
enlacei teu corpo e ao teu lado dormi.

Igual concha serenando ostra.

EU NÃO ME CHAMO RAIMUNDO

Estou perdido no labirinto de Midas,
nas infinitas portas e caminhos
das estradas do mundo, vasto mundo,
pois se eu me chamasse Raimundo
não gostaria não.

Raimundo não é o rei do mundo,
e ninguém nunca seria rei
chamado Raimundo,
que rima com nada.

TENTATIVA

Não queiras escrever um poema.
A tarde fria está cheia de ruídos
e piados de pássaros.
A pequena piscina tem água azul
e também a água está fria.

O poema não vem.
E o poeta morre de tédio
na tarde vazia.

CASSANDRA, A MADRUGADA É QUAL CARNE VIVA

Cassandra, a madrugada é qual carne viva.
O que dizer da madrugada chuvosa
desses dias de janeiro de 2010?
Janeiro já escorre no tempo, vazou pelos canos
dos grandes espaços da vida
que agarramos na chuva.

O CÍRCULO DOURADO
Ao poeta Adriano Espínola

Quero o círculo dourado.
Não importa se o sol brilha
e a chuva chove.
Tragam para mim o círculo dourado.
E dentro o animal iluminado.

PEQUENA INSINUAÇÃO DO VERMELHO

Vermelho é o vestido dela,
que incendeia minha paixão
vermelha como a febre
e vermelho como o arco-íris
na tarde ensanguentada
manchada de vermelho
e meu amor explode
dentro do vestido vermelho dela
dentro do sexo vermelho dela
dentro da boca vermelha dela.

Ó vermelho! Ó vermelho!
Onde explode minha vermelha paixão,
meu verdadeiro e vermelho pôr do sol,
onde passeio com ela,
com o vestido vermelho dela
com a boca vermelha dela.

PEQUENA INSINUAÇÃO DO BRANCO

Branca nuvem branca
cisnes brancos água
branca sementeira branca
nada é branco como o nada
nada vento, nada maresia
do branco mar cheio de espumas brancas.

ANJO, QUERO RESPOSTA

Para minha felicidade
quero realmente as mãos
que foram feitas para estar
junto às minhas.

Sei que não entendo tudo,
mas sinto o razoável
para saber que o mais importante
é o chão salpicado de estrelas.

CRONOLOGIA

CRONOLOGIA DE ANTONIO VENTURA

Antonio Ventura nasceu em 6 de junho de 1948, na cidade de Ribeirão Preto, interior de São Paulo.

Em 1962 iniciou o Curso Ginasial no Colégio Estadual Alberto Santos Dumont, onde conheceu grandes professores; entre eles, Ely Vieitez Lanes e Vicente Teodoro de Souza, os primeiros a descobrir o menino-poeta. Assim, aos quatorze anos, Antonio Ventura começou a escrever e ler muito, sendo dessa época seu primeiro poema moderno: "Tédio".

Em 1966 iniciou o Curso Clássico no mesmo colégio, onde adquiriu conhecimento de filosofia e da língua inglesa, francesa e latina. Nesse ano publicou, sob sua direção e supervisão do professor

Vicente Teodoro de Souza, o jornal literário *Panorama*, elogiado pela crítica local, amplamente divulgado na escola e na cidade.

Em 1967, liderando outros jovens, promoveu em Ribeirão Preto a Primeira Noite de Poesia Moderna em praça pública, ao ar livre.

Em 1968 ganhou o primeiro lugar em Conto e Poesia do Concurso Dia do Professor, promovido pelo jornal *O Diário*, de Ribeirão Preto, além de ganhar outros concursos literários da região. Obteve o primeiro lugar em concurso promovido pelo Lions International, de âmbito nacional, com o ensaio "A paz é atingível". E primeiro lugar com o melhor comentário sobre a obra de José Mauro de Vasconcelos.

Em 1969 recebeu a primeira menção honrosa no Concurso Nacional de Contos Othon d'Eca, promoção de âmbito nacional da Academia Catarinense de Letras de Florianópolis, do Estado de Santa Catarina. No mês de janeiro promoveu, juntamente com o poeta Jaime Luiz Rodrigues, a Noite de Poesia Moderna em praça pública na cidade de Rio Claro/SP.

Em 1970 iniciou correspondência com a escritora Lygia Fagundes Telles.

No ano de 1971 foi vencedor de importantes prêmios literários: primeiros lugares em Conto e Poesia, prêmio Governador do Estado, promovido pela Secretaria de Cultura do Estado de São Paulo, ao mesmo tempo em que trabalhou como jornalista e crítico de cinema e teatro na revista *O Bondinho,* atividade que exerceu ao lado de grandes nomes do jornalismo brasileiro.

No ano de 1972 foi para o Rio de Janeiro, começou a vender seus poemas, em folhas mimeografadas, no Teatro Ipanema, quando foi encenada a peça *Hoje é dia de Rock*, de autoria de José Vicente, amigo pessoal do poeta. Prosseguiu com a atividade no teatro durante a temporada de *A China é azul*, de José Wilker. Publicou poemas nas revistas *Rolling Stone* e *Vozes*. Assim viveu no Rio de Janeiro até junho de 1975. Foi uma fase de grande produção literária, quando foram escritos os poemas contidos em *Viagem* e *Reivindicação da eternidade.* No mesmo ano publicou *Reivindicação da eternidade,* numa tiragem de 115 exemplares, mimeografados, vendidos para amigos e conhecidos.

Em 1977 escreveu a peça *Pequeno ensaio dramático.* Manteve correspondência com o escritor Osman Lins.

Em novembro de 1991 ingressou na Magistratura do Estado de São Paulo.

Em março de 1998 fundou em Mococa/SP, o Grupo Início – entidade literária.

Em 2001 participou do livro *Antologia poética – Grupo Início*.

Em dezembro de 2002 aposentou-se como Magistrado.

É membro da União Brasileira de Escritores – UBE e da Academia Ribeirãopretana de Letras.

Tem artigos e poemas publicados em jornais e revistas do Rio de Janeiro, São Paulo, Brasília, Ribeirão Preto e Mococa.

No ano de 2011 publicou *O catador de palavras*, Topbooks editora, Rio de Janeiro, numa tiragem de 2000 exemplares, obra poética que reúne 7 livros: *Viagem, Reivindicação da eternidade, O catador de palavras, A máquina do tempo, Pastor de nuvens, Poemas para a amada* e *À beira da poesia*; com lançamentos no Rio de Janeiro, São Paulo, Brasília, Ribeirão Preto, Paraty e Mococa. O livro conta com apresentação de Carlos Nejar, quarta capa de Antonio Carlos Secchin, membros da Academia Brasileira de Letras, orelhas com textos de Mário Chamie, Álvaro Alves de Faria, Menalton Braff e Saulo Ramos.

Em 2013 participou, ao lado de outros escritores, do livro *Cartas ao poeta dormindo*, em homenagem a João Cabral de Melo Neto, organizado por Marcos Linhares, editora Thesaurus.

APRESENTAÇÕES

SOBRE *O GUARDADOR DE ABISMOS*

O guardador de abismos, de Antonio Ventura, é, no seu conjunto, um comovente relato dos encontros e desencontros de um homem com sua própria infância.

As três partes da obra são atravessadas pelo mesmo sopro lírico, que transforma o poeta (ainda que em prosa) num ser tecido de água e vento. Na paisagem do passado, a imaginação líquida e gasosa de Ventura nos convida ao êxtase frente ao fluxo intérmino do pequeno rio, nos convoca à fruição auditiva e amorosa dos pingos da chuva no telhado, à contemplação das nuvens, sem esquecer o presente, traduzido nas vigorosas celebrações da amada, ou ainda o desencantado olhar ao futuro, num lamento em surdina diante das coisas que escapam a nosso controle e desejo.

Há muitos textos de fina fatura. Entre outros, leia-se "vamos lá", arquitetado em puro ludismo; leia-se "tentativa inútil de descrever chuva caindo na madrugada quase dia", em que o discurso se faz "pluvial" e caudaloso como o fenômeno que reporta. Algumas imagens se reiteram, se desdobram, se espessam, na trama obsessiva de um escritor que trabalha na fronteira entre os gêneros, ou que se esmera em torná-los reciprocamente permeáveis. Impossível compartimentar o que seria estritamente "crônica", "conto", "poema em prosa" e "prosa poética" num conjunto em que vários textos se compõem exatamente no esgarçamento dessas categorias. Preferimos falar em "reverberações líricas" para traduzir a atitude de Ventura. Carlos Drummond de Andrade é o grande interlocutor, quase sempre implícito, elíptico, deste novo livro de Antonio: não por acaso, a pujança da infância, o corpo feminino e certa descrença na humanidade são traços comuns aos dois poetas.

Após o belo *O catador de palavras* (2011), *O guardador de abismos* é confirmação do talento – em verso & prosa – de Antonio Ventura.

ANTONIO CARLOS SECCHIN
da Academia Brasileira de Letras

OS ABISMOS DA PROSA POÉTICA

Ao concluir a leitura de *O guardador de abismos*, do poeta paulista Antonio Ventura, a primeira pergunta que me ocorre é a seguinte: a que gênero literário de nosso tempo pertenceriam esses textos? Seriam contos? Não creio, pelo menos na plena acepção que lhes atribuímos. Também não caberia defini-los como relatos, pois carecem daquele viés de objetividade narrativa que os caracteriza. O que seriam então? Inclino-me aqui a considerá-los, embora com alguma reserva, como tangenciais à categoria algo evanescente da prosa poética ou, talvez com maior pertinência, à do poema em prosa, gênero que, criado em 1842 pelo escritor francês Aloysius Bertrand em seu *Gaspar de la nuit*, alcançaria sua plenitude nos *Petits poèmes en prose*, de Baudelaire, cuja publicação, em 1869, já é póstuma. Tanto Bertrand quanto Baudelaire teriam experimentado, ao menos em certa medida, uma espécie de colapso do verso, ou seja, de uma exaustão formal e estilística desse extraordinário recurso poético. Em carta dirigida a Arsène Haussaye, por exemplo, pergunta o autor de *As flores do mal*: "Qual de nós, em seus dias de ambição, não sonhou com o milagre de uma prosa poética musical, sem ritmo e sem rima, bastante maleável e bastante rica de contrastes para se adaptar aos movimentos líricos da alma, às ondulações do devaneio, aos sobressaltos da consciência?"

Creio que foi isso, acima de tudo, o que pretendeu Antonio Ventura em seus textos, nos quais avulta uma indisfarçada obsessão pela fugacidade do tempo, pelos desmandos do vento, pela intensa prática intertextual (Drummond, Pessoa, João Cabral, García Lorca, Heráclito, Clarice Lispector, Lygia Fagundes Telles, Cervantes) e pelo branco, essa não-cor na qual se entrelaçam todas as cores e que, na *Commedia* dantesca, dá origem àquela intolerável luz que banha a sua metáfora do branco. Assim como ocorre nos poemas em prosa de Baudelaire, percebe-se em *O guardador de abismos* uma nítida despreocupação, seja com o ritmo, seja com a rima, e, ao contrário, uma incessante busca por aqueles contrastes que tentam adaptar sua prosa "aos movimentos líricos da alma" e "às ondulações do devaneio". Dão exemplo disso numerosos textos da coletânea, como, entre outros, o que lhe dá título, os que prestam homenagem a Clarice Lispector ou os que se ocupam da "insustentável leveza" da estrutura da bolha de sabão de Lygia Fagundes Telles, o que proporciona ao autor um breve e ocasional retorno ao verso. Mas lembre-se que, também aqui, já que ele recorre ao verso livre, não se registra qualquer compromisso com as medidas métricas, o ritmo ou a rima. Por isso mesmo, são versos que lhe vieram à consciência "debaixo das mangueiras onde eu soltava de seus cárceres / as bolhas de sabão que subiam levadas pelo vento...".

Antonio Ventura só volta efetivamente ao recurso do verso na última seção do volume: "Novos poemas". Mas neles o espírito é o mesmo, embora já não seja a mesma aquela atmosfera de devaneio ou a prosa arrítmica de que até então se valeu. Atesta-o o construtivismo de um texto como "Carta-poema para João Cabral de Melo Neto", onde se lê: "Aprendi com você, João, / que o pássaro é tão mineral / como o pássaro que tento / segurar na folha branca." Não se pode dizer que o autor subscreva aquele conceito de que o poema seja, em suma, uma cosa mentale. Mas o fato é que os versos acima citados o aproximam de Mallarmé, quando, diante da página em branco, confessou algo assustado com o que nela deveria escrever: "Sur de vide papier que la blancheur défend." E sabe-se que, com ele e Valéry, tem início uma das principais correntes da poesia moderna, a que irá desaguar, justamente, em João Cabral. É nela, numa certa medida, que se inscreve o poeta Antonio Ventura.

IVAN JUNQUEIRA
da Academia Brasileira de Letras

O GUARDADOR DE POESIA

Em 2011, Antonio Ventura lançou *O catador de palavras*, no qual reuniu seus sete primeiros livros. Com este *O guardador de abismos*, junta agora cerca de noventa textos, muitos deles escritos há décadas. Os dois títulos apontam para o mesmo ofício: o de poeta, aquele homem que, na sociedade, sabe catar, isto é, escolher bem as palavras (tornando-as mais puras, segundo Mallarmé), combinando-as da melhor maneira, a fim de guardar/expressar metaforicamente os abismos da condição humana.

Nesta agora posição de poeta-guardador, pode-se dizer que o autor cumpre seu ofício de forma exemplar. Porque privilegia antes de tudo a memória para recriar a matéria de seu canto. E o faz valendo-se igualmente da imaginação transfiguradora, tornada eficaz pelo vigor da linguagem, na composição dos textos majoritariamente em prosa poética. Retoma, assim, uma tradição que, desde o início da modernidade literária, com os românticos, passando por Rimbaud e Baudelaire, pelos simbolistas finisseculares, chegando aos surrealistas, no século XX, com sua prosa incandescente e libertária, vem cada vez mais se consolidando.

É o que podemos de pronto perceber nos primeiros textos deste volume, em que avulta certo clima onírico, no qual os elementos da natureza e da paisagem urbana se mesclam de forma insólita e convincente, a exemplo de "Ainda hoje passarei por cima dos peixes". Também isso se verifica em "As lamentações" ("estamos guardados pelo segredo e pela música") ou, ainda, em "Minha morada louca ou o morador do pântano", para chegar ao clima francamente fantástico, em "O lobisomem".

Não obstante o teor surrealizante de certas passagens, Antonio Ventura revela notável capacidade evocativa, sobretudo nos textos em que rememora as primeiras impressões e visões da infância e juventude. Como em "Outrora 1 e 2", "Delicadeza", "Abril 1, 2 e 3". Também há de se ressaltar a capacidade de observação dos seres e das coisas, em que as notações sensoriais do espaço e do tempo, bem como dos elementos da natureza, se fazem presentes. Entretanto, creio que é diante da finitude temporal do ser que o autor se volta de forma mais incisiva e não menos angustiada, refletindo decerto aquela "pressão do infinito" (Bloy), tal como ocorre na perturbadora narrativa que dá título ao volume.

Há que se destacar, por último, as cartas, densas e doídas, que o autor remeteu para a escritora

Lygia Fagundes Teles, sua amiga, bem como o conjunto de textos lírico-amorosos dirigido à sua amada, Débora. Retomando o poema em versos, na parte final, o autor homenageia vários poetas brasileiros da atualidade, mas termina nos brindando com primorosos poemas, "Eu e o tigre", "Não importa" e "O círculo dourado" ("Quero o círculo dourado./(...) E dentro o animal iluminado"). O animal iluminado não é outro senão a própria poesia, aqui retida por este exímio guardador de abismos.

ADRIANO ESPÍNOLA
Poeta e crítico literário

O CATADOR DE PALAVRAS

O catador de palavras

ANTONIO VENTURA

TOPBOOKS

CRÍTICA

Antonio Ventura, o catador de palavras

Pouco se sabe sobre Antonio Ventura, salvo que é natural de Ribeirão Preto, onde cresceu e se formou e é juiz de Direito. Mas, como Rimbaud, "sentou a beleza nos seus joelhos" e é inevitavelmente poeta, caudaloso, irreverente, com acento surrealista. Observou alguém que a biografia de um poeta é seu canto. E este poeta que traz Ventura consigo, como quem traz a poesia, revela na explosão de ritmos um sotaque pessoal. Embora caminhe dentro de uma tradição – a de "ser absolutamente moderno", mantém inalienável entonação, a marca do que carrega o fogo de quem se sabe "catador de palavras". E o humilde ato de apanhá-las carece de um poder que as retira do estado de silêncio.

E nesta arte de ir catando palavras – passagem da fala para a linguagem – impõe-se a exuberância e riqueza de Antonio Ventura no catálogo multiforme de imagens e símbolos.

Assim, Antonio Ventura, poeta, resguarda no poema, vigor, criatividade e garra, com a aventura de tanto dizer que seu texto é amor.

CARLOS NEJAR
da Academia Brasileira de Letras

Em nome da beleza

O *catador de palavras*, de Antonio Ventura, apresenta o reencontro de um homem consigo próprio, na sua mais intensa vocação: para além de um "catador", um transfigurador de palavras. Ariscas, elas se deslocam do terreno da fala cotidiana para ressurgirem no espaço instável do poema – onde tudo se arrisca, em nome da beleza. Enquanto quase todos seus colegas de geração – a da "poesia marginal" – celebravam o precário, Ventura, dissonantemente, como atesta o título de um livro seu, efetuava a *Reivindicação da eternidade*. No compasso de um discurso abastecido em lições rimbaudianas, desafiadoramente proclamava: "Eu sou um Deus que canta entre os rochedos". Noutro passo, todavia, a voz de Ventura se contrapunha a uma das mais famosas lições do vate francês: "Como é fabuloso ser eu, e não o outro". O poeta-andarilho, numa viagem iniciada em Ribeirão Preto, com escala no Rio de Janeiro, constrói e oferta neste livro sua morada mais sólida.

No ponto de partida do adolescente ou na estação de desembarque do adulto, a mesma transbordante celebração da Poesia.

Antonio Carlos Secchin
da Academia Brasileira de Letras

Antonio Ventura, o que mais me tocou em seus poemas foram aqueles momentos em que o poeta se deslumbra com as coisas da vida, feito uma criança.

Ferreira Gullar

Da vida

Antonio Ventura sempre foi um poeta diferenciado, desde o início, quando já na adolescência escrevia versos fortíssimos, uma poesia marcante, de asfixia, aquela poesia que vem de dentro do homem, onde o homem deixa residir sua vida, equivale dizer, seu poema mais verdadeiro.

Este é um belo livro de poesia, de poemas e de narrativas poéticas. Como se nos dissesse sempre, como escreveu no belíssimo "Divino Narciso", ilustrado com a tela de Caravaggio: "Eu queria escrever uma história infantil/ como a minha história infantil a história da criança louca/.../". Um poema comovente: "O que eu sou agora é não ter saído de casa/ mas ter ficado em casa escrevendo um poema eterno/.../".

O catador de palavras é, no fundo, um testemunho de vida, aquilo que a vida nos oferece ao seu tempo, quando ao passar dos anos vem desenhando nossa face num espelho que se quebra. Esta é a poesia de um poeta que compreende a grandeza da poesia e faz da poesia sua própria história.

ÁLVARO ALVES DE FARIA

Um peregrino

Os chamados poetas marginais dos anos 70 não se constituíram em movimento literário, e muito menos em uma escola dotada de cânones e princípios estéticos. Ao contrário, opondo-se aos sistemas repressores políticos (ditadura de 64) ou artísticos, procuraram colocar a vida vivida da poesia acima e ao lado da letra formal e formalizante do poema. O poeta Cacaso resumiu essa postura neste seu poemeto: "Poesia/ eu não te escrevo/eu te/ vivo/ e viva nós!" Um peregrino dessa poesia vivida foi e é Antonio Ventura. Este livro, que expõe os vários momentos e faces de sua trajetória de poeta, dá bom testemunho disso.

Mário Chamie

Príncipe das cavalgadas

A poesia de Antonio Ventura nasce de envolvente simplicidade, não do poeta desatento ao pôr do sol, mas em gotas de surpresas na forma e nas imagens. Não sei que cor tem a alma. Ninguém sabe. Esse pastor de nuvens consegue, porém, colorir de alma todos os seus versos e se transforma no príncipe das cavalgadas de lágrimas e de sonhos. É poeta.

Saulo Ramos

O poeta

E assim como Antonio Ventura está em sua poesia, sua poesia está em Antonio Ventura. O poeta é sua poesia porque são duas instâncias que não se podem separar. Antonio Ventura é um dos maiores expoentes rimbaudianos entre nós.

MENALTON BRAFF

CRÉDITOS DE IMAGENS

AMÊNDOLA, Francisco. Desenhos, págs. 24, 99, 104, 111.

IRINE, Marcos. Desenhos, págs. 48, 145, 173, 175, 178, 180.

JORGE, Tânia. Desenhos, págs. 26, 28, 65, 125, 141.

MARINO, Divo. Caricatura, pág. 7.

PALADINI, Carlos Alberto. Desenhos, págs. 50, 69, 95, 171.

VENTURA, Antonio. Desenhos, págs. 21, 30, 35, 37, 39, 41, 43, 46, 53, 55, 60, 93.

VENTURA, Renato Batista. Foto do autor, segunda orelha da capa.

CONTATO COM O AUTOR

E-mail:
venturaedebora@uol.com.br

Blog:
http://ocatadordepalavras.blogspot.com

Facebook:
http://www.facebook.com/Poeta.Antonio.Ventura

Twitter:
@Antonio_Ventura_

Este livro foi composto
na tipologia Eidetic Neo e impresso
em papel Polen Soft 80g/m²,
na Edigráfica, em março de 2014.